四畳半タイムマシンブルース

著／森見登美彦
原案／上田 誠

角川文庫
23208

目次

第一章　八月十二日

ここに断言する。いまだかつて有意義な夏を過ごしたことがない、と。

一般に夏は人間的成長の季節であると言われている。男子ひと夏会わざれば刮目《かつもく》して見よ！　ひと皮剝《む》けた自分を級友たちに見せびらかす栄光の瞬間を手に入れるためには、綿密な計画、早寝早起き、肉体的鍛錬、学問への精進が不可欠なのである。

しかし下宿生活三度目の夏、私は焦燥に駆られていた。

京都の夏、我が四畳半はタクラマカン砂漠のごとき炎熱地獄と化す。生命さえ危ぶまれる過酷な環境のもとにあって、生活リズムは崩壊の一途を辿《たど》り、綿密な計画は机上の空論と化し、夏バテが肉体的衰弱と学問的退廃に追い打ちをかける。そんな境遇で人間的成長を成し遂げるなんて、お釈迦《しやか》様でも不可能である。嗚呼《ああ》、夢破れて四畳半あり。

大学生時代という修業期間も折り返し点を過ぎた。にもかかわらず、私はまだ一度たりとも有意義な夏を過ごしていない。社会的有為の人材へと己を鍛え上げていない。このまま手をこまねいていたら、社会は私に対して冷酷に門戸を閉ざすであろう。

起死回生の打開策こそ、文明の利器クーラーであった。

◯

八月十二日の昼下がりのことである。

学生アパートの自室209号室において、私はひとりの男と向かい合っていた。

私が起居しているのは、下鴨泉川町《しもがもいずみがわちょう》にある下鴨幽水荘《ゆうすいそう》という下宿である。入学したばかりの頃、大学生協の紹介でここを訪れたときには、九龍城《クーロンじょう》に迷いこんだのかと思ったものだ。今にも倒壊しそうな木造三階建て、見る人をやきもきさせるおんぼろぶりはもはや重要文化財の境地へ到達していると言っても過言でないが、これが焼失しても気にする人は誰もいないであろうことは想像に難くない。

この世で何が不愉快といって、上半身裸で汗まみれの男子大学生がふたり、四畳半で睨《にら》み合っている情景ほど不愉快なものはない。折しも灼熱《しゃくねつ》の太陽が下鴨幽水荘の屋根を焼き、我が209号室の不快指数が頂点を極める刻限であった。

恥も外聞もなく窓とドアを開け放ち、実家から持ってきた骨董《こっとう》的扇風機を動かしても、熱風がぐるぐると渦巻くばかりで、あまりの暑さに意識が朦朧《もうろう》としてくる。目の前にうずくまっている男は実在するのだろうか？　心の清らかな私だけに見える薄汚い蜃気楼《しんきろう》ではないのか？

私は手ぬぐいで汗を拭《ぬぐ》いながら呼びかけた。

「おい、小津《おづ》」

「……お呼びで？」

「生きているか？」

「どうぞ僕のことなんぞおかまいなく。もうじき死にますから」

そう応《こた》える相手は半ば白目を剝いている。不健康そうな灰白色の顔は汗に濡《ぬ》れてヌラヌラとした煌《きら》めきを放ち、あたかも生まれたてホヤホヤのぬらりひょんのごとし。

八月の昼下がり、下鴨幽水荘はひっそりと静まり返っていた。朝方にはうるさいほど聞こえていた蟬の声もピタリと止んで、時間の流れが止まったかのような静けさである。帰省している住人も多いし、こんな真夏の昼日中、四畳半に立て籠《こ》もる阿呆《あほ》は少ない。

現在このおんぼろアパートに居残っているのは、小津と私の二人をのぞけば、隣の210号室で暮らす樋口清太郎《ひぐちせいたろう》という万年学生ぐらいであろう。昨夜は私の部屋で「クーラーのお通夜」がしめやかにとりおこなわれたのであるが、夜が明ける頃になると、樋口氏は間違いだらけの般若《はんにゃ》心経をニョロニョロ唱えた後、「心頭滅却すれば四畳半も軽井沢《かるいざわ》のごとし――喝！」と不可解なことを口走りつつ隣室へ引き揚げ、それきり昼をまわっても姿を見せない。この地獄のような暑さで、よくもグウグウ寝ていられるものだ。

マンゴーのフラペチーノが飲みたいと小津が言うので、湯呑《ゆの》みに塩辛くて生温《なまぬる》い麦茶を注《つ》いでやった。小津は病気のガマガエルが泥水をすするようにジュルジュル飲んだ。

「ああ、まずい……まずい……」

「黙って飲め」

「江戸時代風のミネラル補給はもうたくさんです」

哀しげに呻《うめ》く小津を私は無視する。

先ほど「クーラーのお通夜」と私は書いた。

なんだそれはと読者諸賢が怪訝《けげん》に思うのも当然のことであろう。

我々が夜を徹して哀悼の意を表したクーラーこそ、大昔から我が209号室に設置されていたという伝説的クーラーであった。四畳半アパートに似つかわしくないその文明の利器は、明らかに大家に無断で設置工事を施したとおぼしく、かつてこの部屋で暮らした先住民の豪傑ぶりを物語る歴史的遺産であった。この209号室は、当アパート唯一のクーラーつき四畳半として、全住人の羨望《せんぼう》の的となってきたのである。

209号室の噂を初めて耳にしたのは二年前の夏のことであった。共同炊事場で出会ったブリーフ一丁の古株学生が、汗だくの私の耳元で次のように囁《ささや》いた。

「貴君、このアパートには『クーラーつきの四畳半』があるらしいぞ」

当時の私にとって、樋口清太郎と名乗るその学生から耳打ちされた「クーラーつき四畳半」は、アーサー王が最期を迎えたという伝説の島アヴァロンのごとく、遠い彼方《かなた》にある幻の地のように思われたものだ。まさか二年後、自分がその「クーラーつき四畳半」で暮らせるようになろうとは。

しかし、わざわざ一階から二階へ引っ越したにもかかわらず、私がそのクーラーの恩恵にあずかることができたのは僅《わず》か数日間にすぎなかった。

すべての責任は目の前にいる男、小津にある。

○

小津は私と同学年である。工学部で電気電子工学科に所属するにもかかわらず、電気も電子も工学も嫌いである。一回生が終わった時点での取得単位および成績は恐るべき低空飛行であり、果たして大学に在籍している意味があるのかと危ぶまれた。

野菜嫌いで即席ものばかり食べているから、なんだか月の裏側から来た人のような顔色をしていて甚だ不気味だ。夜道で出会えば、十人中八人が妖怪《ようかい》と間違う。残りの二人は妖怪である。弱者に鞭打《むち》ち、強者にへつらい、わがままであり、傲慢《ごうまん》であり、怠惰であり、天《あま》の邪鬼《じゃく》であり、勉強をせず、誇りのかけらもなく、他人の不幸をおかずにして飯が三杯喰《く》える。およそ誉めるべきところが一つもない。もし彼と出会わなければ、きっと私の魂はもっと清らかであったろう。

「よくも俺の人生を台無しにしてくれたな」

「リモコンにコーラをこぼしただけじゃないですか」

小津はヌルリと顔を拭ってケラケラ笑った。

「きっと明石《あかし》さんがナントカしてくれますよ」

「少しは反省しろと言ってるんだ」

「どうして僕が反省しなくてはならないんです？」

　小津はいかにも心外だというような顔をした。

「これは連帯責任ですよ。ここで映画を撮ろうなんて言いだした明石さんも悪いし、あんなところにリモコンを置いた人も悪いし、飲みかけのコーラを置いた人も悪い。一番悪いのは『これから裸踊りする』なんて宣言したあなたです」

「そんなことを言ったおぼえはないぞ」

「今さら言い逃れはナシですよ。えらく盛り上げてくれたじゃないですか」

　そもそもですね、と小津はぺらぺら喋《しゃべ》り続けた。

「リモコンにコーラをこぼしたぐらいで操作不能になるなんて設計ミスというべき。にもかかわらず、あなたという人は僕ひとりに責任を押しつけて『反省しろ』なんて無茶を言う……むしろ僕は犠牲者なのです」

　たしかにこのぬらりひょんの言うことにも一理あって、クーラー本体に操作ボタンがないのは不可解であった。もしも明石さんがリモコンの修理に失敗すれば、クーラーを起動させる手段は永遠に失われ、私は残りの夏休みを灼熱の四畳半で過ごすことになる。嗚呼《ああ》、こんなことになると分かっていたら引っ越したりはしなかった。一階の方がまだしも暑さはマシなのである。

私は立ち上がり、流し台で手ぬぐいを絞って肩にかけた。

「俺は今年こそ有意義な夏を過ごすはずだった。この堕落した生活から脱出して、ひと皮剝《む》けたイイ男になるはずだった。そのためのクーラーだったんだ！」

「いやー、そいつは無理な相談です」

「なんだと？」

「僕は全力を尽くしてあなたを駄目にしますからね。クーラーなんぞで有意義な学生生活が手に入るものですか。舐《な》めてもらっちゃ困ります」

私はふたたび腰をおろして小津を睨んだ。

「おまえ、面白がっているな？」

「ご想像におまかせします、うひょひょ」

小津と私が出会ったのは一回生の春、妄想鉄道サークル「京福《けいふく》電鉄研究会」であった。あれから二年半、恥ずべき青春のありとあらゆる暗がりに小津という男が立っている。前途有望の学生を不毛の荒野へと導くメフィストフェレス。昨日クーラーのリモコンにコーラをこぼしたのも悪魔的計算の内ではあるまいか。なにしろ他人の不幸で飯が三杯喰える男だ。

私は濡《ぬ》れ手ぬぐいでピシャリと小津を打った。

「かたちだけでも反省してみせろ！」

「僕の辞書に『反省』という単語は載っておりません」

小津はけけけと笑いながら、自分の手ぬぐいで叩《たた》き返してきた。

「こいつめ」「なんのこれしき」とリズミカルに叩き合っているうちに楽しくなってきた。ひとしきり貧弱な裸体を打ち合っていると、やがて小津は「うひ」と悲鳴を上げて身を丸めた。「おいおい降参か？」と勢いづいてピシピシと叩き続ける私に向かって、小津は両手を上げて「ちょっと待って、ちょっと休戦」と叫んだ。「お客さんですってば！」

振り向くと、開け放ったドアの向こうに明石さんが立っていた。左肩に大きなバッグを抱え、右手にはラムネの壜《びん》を持っている。アサガオの観察に余念のない小学生のごとく、彼女は真摯《しんし》な眼差《まなざ》しで我々を見つめていた。

「仲良きことは阿呆《あほ》らしきかな」

彼女はそう呟《つぶや》いて、ラムネをグイと飲んだのである。

○

明石さんは我々の一年後輩にあたる。

彼女は学内映画サークル「みそぎ」に所属し、そのクールな佇《たたず》まいとは裏腹に、まったくクールではないポンコツ映画を量産する愛すべき人だ。

同じ映画サークルに所属する小津によると、サークル内でも明石監督の評価はあやふやであるらしい。他人が一本撮っている間に三本は撮るというプロフェッショナルな仕事ぶりに対しては誰もが賞賛の言葉を惜しまないが、その作品のポンコツぶりに触れる段になると誰もが慎ましく口をつぐむのである。

そのような周囲のモヤモヤ評価をものともせず、この夏休み、明石さんはポンコツ映画界に転生した文豪バルザックのごとく撮りまくっていた。昨日も早朝から午後三時すぎまで、このアパートの裏手にある大家さん宅にてポンコツSF時代劇を撮影したばかりである。

明石さんは四畳半の戸口にバッグを置いた。

「何をしていらっしゃったんですか?」

「いや、なんでもないよ」

「僕たち暑さで錯乱しているのですよ、うひょひょ」

「一瞬、なんらかのセクシャルな営みかと思いました。見てはいけないかもと思ったんですが、ドアが開けっ放しでしたから」

「たしかに愛の営みではありますよねえ」

「とりあえず忘れてくれ、明石さん」

「承知しました。忘れます。忘れました」

小津と私があわてて身なりを整えると、明石さんはしずしずと室内に入ってきた。はたして電器店のオヤジは忌まわしいコーラの洗礼からリモコンを復活させることができたのであろうか。固唾《かたず》を呑《の》んで見守っていると、明石さんは端然と座して「ご愁傷さまです」と合掌した。全身の力が抜けるような気がした。

「やはりダメだったか」

「とりあえず預けてきましたが、まず無理だろうと言われました。かなり古い型らしくて、まだ使っている人がいるのかと驚かれたぐらいです。いくらなんでも買い換えるべきだと」

「それができれば世話はない」

「ですよね」

小津がふんぞり返って明石さんを叱責《しっせき》した。

「まったく明石さん、君には失望しましたよ！」

「おまえは黙ってろ未来永劫《えいごう》」

「小津先輩の仰《おっしゃ》るとおりです。まことに無念です」

明石さんはそう言って少し項垂《うなだ》れた。

聞けば彼女は、すでに充実した夏休みの半日を過ごしてきたらしい。

午前七時に起床して朝日に挨拶《あいさつ》、栄養豊富な朝食を摂取してから大学へ出かけ、開館早々の附属図書館で二時間みっちり勉強した後、リモコン修理のために電器店をまわるのみならず、下鴨神社糺《ただす》ノ森の「納涼古本まつり」に顔を出してきたという。

かくも生産的な半日を明石さんが過ごしている間、いったい我々は何をしていたのか。蒸し暑い四畳半に半裸であぐらをかき、睨《にら》み合って脂汗を生産していたばかりである。無益だ。愚行だ。この世の地獄だ。二度と取り戻せない人生のサマータイムが、日なたに置かれたかき氷のように溶けていく。あまりの空しさに言葉もなかった。

明石さんが少し呆《あき》れたように訊《き》いた。

「小津さん、結局ここにお泊まりになったんですか？」

「明け方までクーラーのお通夜だったんですよ」

小津は得意げに言った。「この部屋はアパートの住人たちの憧《あこが》れの的だったから、みんなが無言の怒りをぶつけてきたね。僕は平気でしたけど」

「小津さんはヘンタイですから」

「さすが妹弟子、分かっていらっしゃる」

「おかげで俺の人生計画はメチャメチャだ」

「無意味で楽しい毎日じゃないですか。何が不満なんです？」

へらへら笑う小津の首をしめていると、廊下にピーピーガーガーと雑音が響いた。

この下鴨幽水荘には大家宅と直通のスピーカーがそなえつけられている。各階の廊下のつきあたり、それぞれ物干し台へ出る硝子《ガラス》戸の上にあって、裏手の邸宅で暮らしている老嬢のありがたい御言葉を全住人に告げ知らせるのである。おんぼろスピーカーを通すことによって大家さんの声は天上世界から降ってくるような威厳を帯びるため、その館内放送は昔から「天の声」と呼び習わされてきた。その内容はほとんどつねに家賃の督促である。

「樋口君、２１０号室の樋口清太郎君」

大家さんの厳かな声が廊下に響いた。

「部屋にいるのは分かっています。家賃を払いにきなさい」

しかし隣室の怪人が起きだしてくる気配はない。天の声は空しく数回繰り返されて止み、ふたたびアパートは森閑とした。

「お隣はなんの反応もないぞ」

「起床せざること山のごとしですな」

「師匠はまだお休み中なのですね。さすがです」

にわかには信じがたいことだが、明石さんは小津とともに樋口氏の「弟子」と称しており、昨年末頃からこのアパートへ通ってくるようになった。

たしかに樋口氏はこのアパートのヌシとして全住人から畏敬《いけい》の念をもって遇され、大家さんでさえ一目置いている節がある。

しかしながら、この二年半にわたって彼の生態をつぶさに観察してきた私に言わせれば、樋口清太郎という人物は「ボンクラ万年学生」という古色蒼然《そうぜん》たる概念の生ける結晶、人生の袋小路《ふくろこうじ》への危険きわまる水先案内人にほかならぬ。あんな得体の知れない人物に教えを乞《こ》うて、あたら青春を台無しにしないでくれと思う一方、明石さんがこんな掃き溜《だ》めアパートを訪ねてくること自体は心から歓迎せざるを得ず、ここ半年ほど私はきわめて複雑な思いでなりゆきを見守ってきたのであった。

私は湯呑《ゆの》みの麦茶を飲み干して言った。

「いったい樋口さんは何の師匠なんだ？　じつは僕にも分かりません」

「本質をついた質問ですな。強いて言うなら『人生の師匠』でしょうか」

小津は「さすが明石さん」と頷《うなず》いてから私に向かって言う。

「ひとりで四畳半に籠《こ》もってウジウジしているぐらいなら、あなたも弟子になればいいんですよ。研究会を追いだされて暇を持て余しているんでしょ？　じつを言うと、先日あなたを弟子にするように師匠に進言したら、師匠も快く許してくれました。というわけで、あなたはもうすでに弟子なんです」

「おい、勝手なことをするな」

「いいから、いいから。遠慮しないで」

すると明石さんが私の顔を覗《のぞ》きこんで言った。

「楽しいですよ、先輩。ご一緒にいかがですか？」

その甘美な一言には意志堅固な私も陥落しかけた。

もしも樋口氏の弟子になれば、自動的に明石さんが姉弟子となる。あねでし！　なんと蠱惑《こわく》的な響きだろう。このうえなくやはらかいあんころもちのように甘美である。

しかし私は棚ボタ式の姉弟子を求めているわけでも、得体の知れぬ怪人から人生について学びたいのでもない。この無益で怠惰な日々に開き直ることなく、有意義な学生生活を主体的に摑《つか》み取りたいのである。そしてひと皮剝《む》けた男となったあかつきには——。

私は明石さんをちらりと見てから言った。

「とにかく弟子入りなんてお断りだ」

小津は大袈裟《おおげさ》に「残念だなあ」と溜息《ためいき》をついた。

「弟子入りするなら十六日の五山送り火見物にお招きしようと思ってたんです。秘密の絶景ポイントへ師匠が連れていってくれる貴重な機会なのですぞ。でもいいや。あなたは四畳半で膝《ひざ》を抱えてKBS京都でも見てなさい。明石さん、君は予定を空けておいてね」

「私は行きません」

にべもなく明石さんが言ったので、小津は目を丸くした。

「え？　なぜ？　どうして？」

「ほかの人と行く約束をしましたから」

「昨日はそんなこと言ってなかったじゃないの。いったい誰と行くの？」

「どうしてそんなことを報告しなければならないのですか？」

明石さんはまっすぐに小津を見つめて言い放つ。

さすがの小津にも返す言葉がなかった。じつに痛快であり、ザマーミロというべきであったが、実はそのとき、私もまたひそかに打ちのめされていた。

八月十六日、明石さんは送り火見物へ出かける――いったい誰と？

その横顔を盗み見ると、彼女は信じられないほど涼しげな顔をしていた。あたかも真冬の糺ノ森に佇《たたず》んでいるかのごとく、その白い頬には汗の雫《しずく》ひとつ見えない。

「明石さん、暑くないの？」と私は訊いた。

「めちゃんこ暑いです」

彼女はそう言って、ラムネの残りを飲み干した。

○

昨日八月十一日は、朝から新作映画の撮影がおこなわれていた。

「幕末軟弱者列伝　サムライ・ウォーズ」

そのポンコツなタイトルからして、濃厚なポンコツ映画ぶりが透けて見えようというものだが、原案は小津と私であった。我々が四畳半で繰り広げていた馬鹿話に明石さんが興味を持ち、いつの間にか脚本を書き上げ、「映画にしたい」と言いだしたのである。

ときは幕末、慶応《けいおう》年間である。

ひょんなことで二十一世紀の四畳半からタイムスリップしてきた大学生「銀河進《ぎんがすすむ》」は、維新の志士たちの隠れ家へ迷いこんでしまう。そこで出会うのは、西郷隆盛《さいごうたかもり》、坂本竜馬《さかもとりょうま》、高杉晋作《たかすぎしんさく》、岩倉具視《いわくらともみ》、勝海舟《かつかいしゅう》、土方歳三《ひじかたとしぞう》といった幕末維新史における有名人たちだ。

ところが銀河には恐るべき才能があって、自分にかかわった人間をことごとく役立たずの怠け者にしてしまうのである。

彼に感化された幕末の男たちは次から次へと覇気を失い、佐幕派も倒幕派もみるみる瓦解《がかい》していく。「このままでは未来が変わってしまう！」と慌てるが時すでに遅し、歴史改変の危険性を訴えてまわっても幕末の男たちはアハハと陽気に笑うばかりだ。

やがて佐幕派と倒幕派が輪になって、「ええじゃないか」「ええじゃないか」と踊り狂う中、大幅な歴史改変に耐えかねた時空連続体が大崩壊を起こし、無惨にも全宇宙消滅。いと哀れなることとなり。

以上、終わり。

脚本に目を通したとき、思わず私は「これでいいの？」と呟《つぶや》いた。

「いいんです」明石さんは力強く頷いた。「これがいいんです」

そして昨日の朝、下鴨幽水荘にはぞくぞくと学生たちが集まってきた。

明石さんの所属する映画サークル「みそぎ」のメンバーたちである。

その素人映画集団の中にひときわ尊大な態度で振る舞う男がいて、それがサークルのボス・城ヶ崎《じょうがさき》氏であった。彼は「こんなアパート、人間の住むところじゃない」と舌打ちしながら踏みこんでくると、楽屋として私が提供した209号室に我がもの顔で居座るのみならず、ドアを開け放ったままクーラーをガンガン利かせるという暴挙に及んだ。見たことも聞いたこともない勢いで回転する電気メーターが、私の怒りのバロメーターと化したことは言うまでもない。しかも城ヶ崎氏は明石さんの脚本を指さして、その内容のポンコツぶりを声高に指摘し始めたのである。

たしかに正しい主張だった。耳を傾けるべきだった。

しかし、おまえだけには言われたくない。

「原案は俺なんですけどね」と私は言った。映画サークルのメンバーでもないのに撮影の手伝いを買って出たのは、原案者として責任を感じていたからである。

「あ、そう。ふーん」

城ヶ崎氏はこちらを見つめた。

だからどうした、と言わんばかりの態度である。

この時点で城ヶ崎氏と私の対立は決定的なものとなった。

今後はこの人物の足を引っ張ることだけを考えよう、できるかぎり陰湿な方法で——とりあえず私はクーラーの設定をさりげなく「暖房」に切り替えて自室を出た。

アパート二階の内廊下は、もとから色々なガラクタでごった返しているのだが、そこへスタッフや出演者たちが詰めかけて、今や満員電車のようであった。明石さんは蜜蜂《みつばち》のように飛びまわって衣装チェックや打ち合わせに余念がない。その凜々《りり》しい横顔に見惚《みと》れていると、209号室から「なんで『暖房』になってんだよ！」という城ヶ崎氏の怒声が聞こえてきたので、胸がスッとした。

そのとき210号室のドアが開いて、樋口清太郎が顔を見せた。

「やあ、貴君」とこちらへ呼びかけてくる。

樋口氏は長く伸びた髪を後ろで束ね、深緑色の着物姿で懐手していた。映画撮影用の扮装《ふんそう》だが、普段アパートで見かける姿と大差ない。砂鉄をまぶした大茄子《おおなす》のごとき顎《あご》を撫《な》でまわしつつ、樋口氏は「ニッポンの夜明けぜよ！」と朗らかに言った。

「あなたは坂本竜馬役ですか」

「うむ。弟子の頼みは断れないからな」

樋口氏は懐からモデルガンを取りだした。

「ニッポンの夜明けぜよ！　ニッポンの夜明けぜよ！」

廊下の向こうから顔を真っ白に塗った薄気味悪い人間が近づいてきたと思ったら、それは岩倉具視に扮《ふん》した小津だった。金ぴかの扇子で口元を隠し、くねくねと卑猥《ひわい》な動きを見せ、「おじゃる」「おじゃる」と実にうるさい。樋口氏がモデルガンの銃口を小津に向けて「夜明けぜよ！」「夜明けぜよ！」と応酬していると、209号室から西郷隆盛に扮した城ヶ崎氏が不機嫌そうに姿を見せ、「ごわす」「ごわす」と言い始めた。


撮影はアパートの裏手にある大家さん宅を借りておこなわれた。ぞくぞくと乗りこんでくる学生たちに大家さんは目を丸くしていた。

「あらあら、本格的ですこと」

撮影部隊は庭に面した縁側のある和室に陣取った。

庭の木立の向こうにはアパートの貧相な物干し台が丸見えだったが、それさえ映りこまないように工夫すれば、「維新の志士たちの隠れ家」と言い張れぬこともない。

気になるのは庭の奥に置かれた石像だった。筋肉質の妖怪《ようかい》人間があぐらをかいているような不気味な石像で、H・P・ラヴクラフトの恐怖小説を思わせる。かつてこのあたりにあった沼のヌシ・河童《かっぱ》様の像であるという。「大切にしないと祟《たた》られますよ」と大家さんに念を押されたので動かすわけにもいかない。

明石さんが石像を眺めながら呟いた。

「なんだか城ヶ崎さんに似てませんか？」

たしかにその筋骨逞《たくま》しい姿は城ヶ崎氏によく似ていた。

二十一世紀の四畳半からタイムスリップしてきたボンクラ大学生「銀河進」を演じるのは、映画サークル「みそぎ」の相島《あいじま》という上級生だった。小洒落《こじゃれ》た眼鏡をかけて気取った細身の男で、明石さんへ話しかけるときの慇懃《いんぎん》無礼な猫撫で声が不愉快である。

相島氏もまた城ヶ崎氏と同じく、脚本のポンコツぶりをしつこく指摘した。主人公の些末《さまつ》な行動をあげつらい、「これは心理的に納得いかないから演じられない」などとぶつぶつ言う。

たまりかねて私は反論した。

「そんなことばかり言ってたら面白くならないでしょう」

「さっきから不思議に思ってたんだが、いったい君はどこの誰？」

相島氏は眼鏡の奥の目を細めて冷ややかに言う。

「俺は通りすがりの手伝いです」

「べつに君の意見は求めてないんだけどね」

「俺は原案者なんですよ」

「あ、そうなの。ふーん」

相島氏はこちらを見つめた。

だからどうした、と言わんばかりの態度である。

城ヶ崎氏といい、相島氏といい、明石さんの目指すものをまったく理解せず、理解しようという素振りさえ見せない。じつに押しつけがましい連中である。

そのように憤りつつ、ふと私は考えこんでしまった。

——自分も同じ穴の狢《むじな》ではなかろうか？

私が撮影の手伝いを買って出たのは、自分の適切な助言によって明石さんのポンコツ映画を改善できると自惚《うぬぼ》れていたからである。しかし明石さんから「私のポンコツ映画を改善してください」と頼まれたことが一度でもあったろうか。

明石さんはポンコツ映画をこそ作りたいのである。

だとすれば私の為《な》すべきことは、この映画を「改善してやろう」と手ぐすね引いている愚物どもから、この映画の愛すべきポンコツぶりを断固守り抜くことではあるまいか。その戦いを通して彼女との固い絆《きずな》を育《はぐく》むことによってこそ、路傍の石ころ的存在から脱却できるのではあるまいか。

この方針で行こうと私はひそかに決意した。

やがて明石さんが縁側に立って撮影開始を宣言した。

「それでは皆さん。始めましょう」

結論から言うなら、私のひそかな決意など大して役に立たなかった。

仏国のリュミエール兄弟がシネマトグラフを発明して以来、トラブルひとつなく完成した映画は皆無であろう。浜の真砂《まさご》は尽きるとも映画にトラブルの種は尽きまじ。曲者《くせもの》ぞろいの出演者たちは誰ひとり言うことをきかなかった。西郷隆盛役にあくまで不服な城ヶ崎氏はことあるごとに台詞《せりふ》を書き換えたがり、相島氏は内面の表現にこだわって撮り直しをしつこく要求し、白塗りでのたうちまわる小津は気持ち悪すぎて撮影に堪えず、樋口氏は「ニッポンの夜明けぜよ！」以外の台詞を断固として言わない。

役に入りこみすぎた新撰組《しんせんぐみ》の連中は常時ギスギスしており、昼食の弁当をめぐって斬り合いを始める始末であった。音声担当と照明担当が痴情のもつれから喧嘩《けんか》を始め、大家さんの愛犬ケチャが現場に乱入し、幾多のトラブルに厭気《いやけ》のさしたサークル員が置き手紙を残して姿を消した。戦闘シーンの撮影中、小津が河童様の像を押し倒して大家さんから大目玉を食らった。

それでも明石さんはあの手この手で撮影を続けた。

彼女は脚本を次々と書き換え、登場人物を入れ替え、撮影順序を入れ替えた。出演者たちを納得させるためなら嘘をつくことも辞さなかった。リハーサルと言っていたものが本番だったり、本番だと言っていたものがリハーサルだったり、「あとで撮り直す」と言いながら撮らなかった。

この映画は崩壊へ向かっているのか、それとも完成へ向かっているのか。関係者の誰にも分からなかった——ただひとり明石さんをのぞいて。

午後三時すぎ、広い庭で出演者たちがゾンビの群れのように「ええじゃないか」を踊ったあと、明石さんが撮影終了を宣言しても、その言葉を信じる者はいなかった。沈黙があたりを支配した。茫然《ぼうぜん》自失している出演者たちのかたわらで、ケチャがおそかに脱糞《だっぷん》していた。「面白い映画になりそうだ」という樋口氏の言葉が空しく響いた。

しばらくして小津が疑わしそうに明石さんに訊《たず》ねた。

「本当にこれで終わりなの？」

「終わりです。おつかれさまでした」

「なんだかいろいろ端折《はしよ》ってるみたいだけど」

「そんなことないですよ。必要なものはぜんぶ撮れました」

明石さんはあっさりと言った。「あとは編集でなんとかしますから」

そんなことが可能なのか？

本当に映画は完成したのか？

「明石さん」と声をかけようとして、私は口をつぐんだ。

彼女はひとり庭に立って明るい空を見上げていた。

その姿はこれまでに見たこともないほど満足そうに見えたのである。

◯

「先輩、大丈夫ですか？」

明石さんの声で私は我に返った。暑さで朦朧《もうろう》としていたらしい。

走馬灯のように脳裏を駆け抜けた撮影現場の記憶は、総天然色一大スペクタクル映画のように私を圧倒した。あんなに密度の濃い時間を過ごしたのは人生で初めてだった。しかも昨日という長い一日はそれだけでは終わらなかった。

　撮影終了後、私は小津や樋口氏たちと銭湯「オアシス」へ出かけ、それから下鴨神社の古本市をまわって帰ってくるや、例の「コーラ事件」が発生してクーラーが操作不能となってしまった。腐れ大学生活史上もっとも長い一日は、「クーラーのお通夜」という陰々滅々たる行事によって幕を下ろしたのである。

「昨日は長い一日だったよ」

　私が溜息《ためいき》をつくと、明石さんはぺこりと頭を下げた。

「ありがとうございました。おかげさまで無事に撮影も終わりました」

「いつもあんな感じなのかい？」

「あそこまで大がかりなのは初めてですけど、メチャメチャになるのはいつものことですね。でもそのほうがいいんです。へんてこな味わいが出ますから」

「もう絶対に完成しないと思っていたよ」

　明石さんは「どうして？」と怪訝《けげん》そうに言う。

「とりあえず撮ってしまえば、あとは編集でなんとでもできますよ」

「映画を完成させる腕力にかけては明石さんの右に出る者なしですぞ」

　小津が誇らしげに言った。「できあがるものはポンコツですけどね」

「おい、ポンコツって言うな」

「だってポンコツなんだもの」

「ポンコツでいいんです。それがいいんです」

明石さんが言い、小津は「それ見なさい」と偉そうな顔をした。

十一月の学園祭期間中、映画サークル「みそぎ」は校舎の一室を借り切って「みそぎ映画祭」を開催する。昨日撮影した映画「幕末軟弱者列伝」もその映画祭での上映を目指していた。問題は例のいけ好かない上回生、城ヶ崎氏だった。映画祭の上映ラインナップについては彼が最終決定権を持ち、ポンコツ映画排除の姿勢を強く打ち出しているからだ。「幕末軟弱者列伝」が彼のお気に召す可能性は低く、最悪の場合には上映を拒否される可能性もあるという。

「なんて横暴なやつだ！」

明石さんから事情を聞いて私が憤っていると、小津がこともなげに言った。

「羽貫《はぬき》さんに頼めばいいんですよ。あの人の頼みなら城ヶ崎さんも断れませんからね」

羽貫さんというのは近所の窪塚《くぼづか》歯科医院に勤める歯科衛生士である。

どういう経緯で知り合ったのか不明だが、樋口氏・城ヶ崎氏・羽貫さんの三人は古くからの友人であるらしい。彼女はときどき当アパートへ樋口氏を訪ねてくるから、私も言葉を交わしたことがある。廊下で顔を合わせるたび、「ぐもーにん」とか「ぐんない」とか、なぜか英語で陽気に声をかけてくるのだ。昨日も撮影が終盤にさしかかった頃に現場を覗《のぞ》きにきて、カメラを勝手に動かしたり、小津の白塗りメイクをいじったり、樋口清太郎の演技に注文をつけたりと、いつものように傍若無人に振る舞っていた。いささか豪快すぎるが憎めない人なのである。

「そうですね」

明石さんは少し考えてから言った。

「でもそこまでする必要はないでしょう。これまでにもたくさん撮りましたし、これからもまだまだ撮りますから。何本も作品があったら、城ヶ崎さんも一本ぐらい見逃してくれると思うんです。何もかも却下するわけにもいかないので」

「なるほど、物量作戦か」

「また映画になりそうなアイデアがあったら宜《よろ》しくお願いします」

ともあれ明石さんが満足そうなのは喜ばしいことであった。昨日の撮影終了後、充実した顔つきで明るい空を見上げていた彼女の姿が彷彿《ほうふつ》とする。

小津と私の駄弁から生まれたアイデアが彼女の役に立ったのは純粋に嬉《うれ》しい。

しかしそのことは同時に、私の胸に一抹の哀しみをもたらすのだ。小津や私の無益きわまる駄弁から、明石さんは（たとえポンコツであろうとも）ひとつの作品を作りだしてしまう。ひるがえって我が身を省みれば、この二年半の学生生活においていったい何を為《な》し遂げたというのか。京福電鉄研究会から追放の憂き目にあったのちは、世をはかなんで四畳半という小天地に立て籠《こ》もり、訪ねてくる者といえば小津という半妖怪《はんようかい》のみ。咲き乱れる駄弁の花々はなんの実りをもたらすこともなく、むなしく畳表に散っていった。こんなことばかりしていて何になろう。

社会的有為の人材へと己を鍛え上げぬかぎり、明石さんの傍らに立つ資格はない。そう思えばこそ、幻の至宝と語り継がれるクーラーを手に入れたというのに——。

私は無念の思いで自室のクーラーを見上げた。

「嗚呼《ああ》、クーラーよ！」

「あなたも諦《あきら》めが悪いですね」

「俺はおまえを生涯許さんからな」

「たとえあなたが許さなくたって僕たちの友情は永遠に不滅」

小津は言った。「我々は運命の黒い糸で結ばれているというわけです」

ドス黒い糸でボンレスハムのようにぐるぐる巻きにされて、暗い水底に沈んでいく男二匹の恐るべき幻影が脳裏に浮かび、私は戦慄《せんりつ》した。

明石さんが「仲良しですね」と微笑んだ。

○

小津はともかく、明石さんを極熱の四畳半に座らせるのは忍びない。

そろそろ廊下へ出よう、と私は提案した。

「少しは暑さもマシだろう」

しかし四畳半から廊下へ出たとて、さほど爽《さわ》やかな景色が広がるわけではない。

廊下の向かい側は当アパートの倉庫室になっているのだが、そこから溢《あふ》れだしたガラクタが廊下に積み上がっている。毎週通ってくる掃除のおばさんが使う道具類、前の住人が放置していったとおぼしき家財道具、大家さんの私物など……それらはあまりにも渾然《こんぜん》一体となって片づけようもないので、大家さんも見て見ぬふりをしているのであろう。初めてこの情景を目にしたときは、何者かが二階の廊下をバリケード封鎖しているのかと思ったほどである。

明石さんは黄色い詰め物のはみだしたソファに腰かけた。

小津は隣の210号室をノックしている。

「おようございます、師匠。おそようございます」

やがて内側から樋口清太郎のモゴモゴいう声が聞こえた。

「……心頭」

「シントウ？」

「滅却すれば」

「メッキャクすれば？」

「四畳半も上高地《かみこうち》のごとし！」と朗々たる声。

ふたたび210号室は沈黙した。

私は新鮮な空気を求めて物干し台へ出てみた。

薄汚れた洗濯物をかいくぐって欄干にもたれると、眼下には敷地内に建て増した簡易シャワー室や物干し竿《ざお》が見える。裏手のコンクリート塀は大家さん宅の広い庭に接しており、夏木立が午後の陽射しを浴びてギラギラしていた。青々とした芝生に面した縁側はいかにも涼しげで、その下には大家さんの愛犬ケチャが横たわっている。

「おうい、ケチャ！」

たわむれに声をかけてやると、ケチャは横着に頭だけをクイッと持ち上げた。しかしどこから呼ばれたのか分からないらしく、しばしキョトンとしたのち、「気のせいか」というように鼻を鳴らして元のとおりペタリと頭を地面につけた。

この愛すべき雑種犬はところかまわず穴を掘ることをライフワークとしている。穴を掘っていないときは、今のようにグウタラと縁の下で昼寝をしているか、己の尻尾《しっぽ》を追いかけてクルクル回転している。その暢気《のんき》そうな姿を見るたびに哲学者ショーペンハウエルの「動物は肉体化された現在である」という名言が頭に浮かび、不毛な四畳半生活によって時間の観念が溶解しつつある自分は、人間というよりもむしろ犬に近いのではないかと思われてきて、「おうい、ケチャ！」と呼びかけたくなるのがつねであった。愛すべき隣の犬よ！

昨日の映画撮影中、大家さんの家に乗りこんできた大勢の学生たちに興奮したケチャは、いつもよりたくさん穴を掘り、いつもより頻繁に回転し、いつもより気ままに脱糞《だっぷん》した。あまりにも縦横無尽に走りまわるため、我々はケチャもエキストラと認めざるを得なかった。「幕末にも犬はいます」と明石さんは言った。

もう一度、「ケチャ！」と呼びかけてみたが、愛すべき犬はもうピクリとも動かなかった。

物干し台から廊下へ戻ると、明石さんはソファにきちんと腰かけて、膝《ひざ》に置いたノートパソコンを睨《にら》んでいた。小津は廊下に座り、風呂桶《ふろおけ》に溜《た》めた水道水に足先を浸して恍惚《こうこつ》としていた。

「おい、俺の風呂桶を濫用するな」

「ご心配なく」

小津は瞑目《めいもく》したまま言った。

「僕の足は生まれたての赤ちゃんのように清らかなんです」

ムッとしていると、明石さんがノートパソコンで昨日の映像を見せてくれた。

白塗りでくねくねする小津は薄気味悪く、城ヶ崎氏のふて腐れた顔つきからは役柄への不満が見え見えである。あれほど人物の内面に拘《こだわ》っていた相島氏の演技は純然たる棒読み、その他キャストたちも大根役者の亡霊に取り憑《つ》かれていたとしか思えない。

「これはひどい。じつにひどい」

小津は己の演技を棚に上げてケラケラ笑う。

しかし樋口清太郎の存在感はなかなか堂に入っていた。台詞《せりふ》は「ニッポンの夜明けぜよ!」という一言だけであるにもかかわらず、場面が変わるごとに台詞のニュアンスが少しずつ変わっていき、この映画に謎めいた一貫性をもたらしているのだ。

タイムトラベラー銀河進の歴史改変によって全宇宙が崩壊し、もはや「ニッポンの夜明け」なんて心底どうでもよくなる悲劇的結末を思えば、念入りに繰り返される樋口氏の台詞が皮肉にも悲壮にも聞こえてくる。あの樋口清太郎がそこまで計算して演じているわけがなく、これが明石さんの狙いによるものだとしたら恐るべき手腕である。

ひそかに感心していると、画面に河童《かっぱ》様の像が映った。見れば見るほど不気味な像だった。こんなものを庭に置いて毎日眺めている大家さんの気が知れないが、撤去したくても祟《たた》られるのが怖くて撤去できないのかもしれない。

「どうしてこんなに筋骨隆々なんだろう」

「河童は相撲好きといいますから、鍛えているんじゃないでしょうか」

「沼の底で？」

「ええ、沼の底で。ボディビルディング的な」

真面目に呟《つぶや》いてから、明石さんは微笑みを浮かべた。

「それにしても本当に城ヶ崎さんにそっくりですね」

それから私たちはしばらく映像を見つめた。白塗りの岩倉具視（＝小津）が庭を逃げまわり、やがて河童様の像に飛びつく。そこへ統制の取れていない新撰組が殺到する。運動会の小学生のように揉《も》み合っているうちに、河童様の像がゆっくりと倒れていく……。

この事故が大家さんを激怒させ、撮影は中断を余儀なくされたのだった。

「怪我人が出なくてよかったです」

「明石さん」と私は画面を指さした。「ここに物干し台が映りこんでいるよ」

「ああ、そうですね。編集でなんとかします」

そのとき明石さんは画面に顔を近づけて、「あれ？」と怪訝《けげん》そうに呟いた。

しかし私はとくに気にとめなかった。それよりも廊下の向こうから歩いてくる男に気を取られていたのである。

その男は廊下の半ばで立ち止まり、おずおずと問いかけてきた。

「あのう、すいません。下鴨幽水荘の方ですよね？」

モッサリしたマッシュルームのような髪型をして、モッサリした半袖《はんそで》シャツの裾《すそ》をモッサリした色のズボンに押しこみ、斜め掛けした鞄《かばん》までモッサリしている。まるでモッサリの国からモッサリを広めるためにやってきた伝道師のごとし、その徹底的な非ファッショナブル性にはモッサリ派の一人として親近感を抱かざるを得ない。見どころのあるやつ、と私は思った。

「もしかして新しく越してきた人？」と私は訊《たず》ねた。

「いえ、そういうわけではないんですけど……」

「それじゃ、誰か探してるの？」

「いえ、そういうわけでもなくてですね」

　モッサリ君は困ったような照れ臭そうな顔をした。頬を赤らめて黙りこんでいる。

明石さんがパソコンから顔を上げて怪訝そうな顔をした。

気まずい沈黙は、天の声によって打ち破られた。

「樋口君、２１０号室の樋口清太郎君」

大家さんの厳かな声が廊下に響いた。

「部屋にいるのは分かっています。家賃を払いにきなさい」

　モッサリ君は目を丸くしてスピーカーを見上げた。

「なんですかこれ！」

「大家さんの館内放送だよ」

「館内放送？　そうか、これがあの伝説の……」

目をキラキラさせているのだが、何をそんなに感動しているのか分からない。

　そのとき、ついに天の声にこたえて２１０号室のドアが開かれた。暗がりからのっそり姿を現したのは、「四畳半の守護神」であるとも「四畳半にウッカリ墜落した天《てん》狗《ぐ》」であるとも囁《ささや》かれる、当アパートの最古参・樋口清太郎その人であった。ぼっさぼさの頭髪が逆さ箒《ぼうき》のごとく天をつき、身に纏《まと》った浴衣はこのうえなくヨレヨレ、大きな顎《あご》の先からは汗のしずくが滴っている。

「やあ、諸君。今日もそれなりに暑いな」

樋口氏は濡《ぬ》れ手ぬぐいで身体をふきながら言う。

そのときモッサリ君が驚愕《きょうがく》したように「樋口師匠！」と叫んだ。

「あなたも来たんですか？　どうやって？」

樋口氏は眠そうな目でモッサリ君を見やった。

べつに相手を怪しむ風もない。

「流れ流れて、流れついたのさ」

「流れ流れて？」

「そうとも」と樋口氏は頷《うなず》く。「して、貴君は何者かな？」

しかしモッサリ君は返事をしなかった。間抜けな金魚のようにパクパクと口を動かし、我々を順繰りに見まわしていたが、やがて小さな声で「お邪魔しました」と呟き、身を翻して駆けていった。パタパタという足音が廊下を遠ざかり、そのまま階段を駆け下りていく。

明石さんが「お知り合いですか？」と樋口氏に訊ねた。

「いや、まったく見覚えがない」

「でも師匠のお名前を知っているようでしたが」

「浮き世のどこかで袖摺《そです》り合ったかな。行く人の流れは絶えずして、しかももとの人にあらず……じつにさまざまな人間たちと出会ってきたからね」

樋口氏はのんきな口調で言うと、無精鬚《ひげ》にまみれた顎をざりざり撫《な》でた。

○

私はこの樋口清太郎という人物が苦手である。

同じアパートで暮らすこの万年学生とは、できるかぎり距離を置くように心がけてきた。動物的直感が「こいつは危険人物だ」と囁くのだ。

樋口氏は手に持った通い帳でひらひらと顔を扇《あお》いでいた。

当アパートでは毎月大家さんに家賃を手渡し、その通い帳にハンコを押してもらう前時代的な仕組みになっている。長年にわたる金銭的攻防を記録してきた樋口氏の通い帳は、蔵の中から発見された江戸時代の古文書のようにボロボロである。

「これから家賃を払いに行く。しかし金はない」

あたかも科学的事実を述べるかのごとく、樋口氏は淡々と述べた。

「金はない。しかしこれから家賃を払いに行く」

私たちがあっけにとられていると、樋口氏は「ところで」と話題を変えた。

「私のヴィダルサスーンを持ち去ったのは誰かな?」

「ヴィダルサスーン?」

我々は首を傾げた。

「それってシャンプーのことですか?」

明石さんが訊《き》くと、樋口氏は「しかり」と頷く。

「名乗り出るならば今のうちだ。正直に白状すれば水に流そう」

聞けば樋口氏の愛用している「ヴィダルサスーンベースケアモイスチャーコントロールシャンプー」が、いつの間にか入浴セットから消えていたというのである。髪質への意外なこだわりはともかくとして、我々の犯行と頭から決めつける言葉は捨て置けない。

「シャンプーなんか盗むもんか」と私は言った。

「いやいや、なにしろこれは素晴らしいシャンプーだからな」

樋口氏は「この色艶《いろつや》を見よ」というようにそそり立つ頭髪を指さした。そこから見て取れるのは、樋口氏がヴィダルサスーン氏に全幅の信頼を寄せているということだけだ。

「どうせこいつの仕業ですよ」

濡れ衣《ぎぬ》を丸めて小津へ投げつけると、彼はひらりと身をかわした。

「僕が師匠を裏切るわけがないでしょ？」

「みなさん、昨日銭湯へ出かけましたよね。帰るときシャンプーはあったんですか？」

明石さんに訊かれて、樋口氏は「はて」と虚空を見つめた。

「そう言われてみると、なかったような気もするな」

「ということは、銭湯にお忘れになったのではないでしょうか。オアシスに電話して訊けばいいと思います。きっと番台で預かってくれていますよ」

明石さんによって提示された非の打ちどころのない解決策によって、樋口氏のいいかげんな推測に基づく不毛なやりとりは終わった。「それでは家賃を払いに行くかな」と樋口氏は言い、廊下をゆっくり歩きだした。すかさず小津が駆けだして師匠のかたわらに寄り添った。

「師匠、おともしまっせ」

「助太刀、頼めるか？」

「合点承知です。ほらね、僕ほど忠実な弟子はいないでしょ？」

どうやら小津は樋口氏の家賃を立て替えてやるつもりらしい。

大家さんの屋敷はアパートの裏手に接している。そちらを訪ねる場合は、いったんアパートの表玄関から外へ出て、ぐるりと石垣をめぐって屋敷の玄関へまわらねばならない。しかも家賃を持っていくと必ず紅茶と洋菓子で饗応《きょうおう》されるから、通い帳にハンコを押してもらうまでにはそれなりの時間を費やすのがつねであった。つまり樋口氏と小津はしばらく戻ってこない。

私は廊下の壁にもたれ、ソファに腰かけている明石さんを見守った。

物干し台から風が吹きこんできて、風鈴の音が聞こえた。今まで極熱の四畳半にいたこともあって、それは上高地の風のように涼しく感じられた。

「まるで『夏休み』みたいな感じ、しませんか？」

明石さんが顔を上げて目を閉じた。

「なんだか懐かしいみたいな」

言われてみればたしかにそんな感じがする。

小学生の頃、朝からプールへ出かけて泳いだ午後のようだった。気怠《けだる》い陽射しを眺めながらアイスクリームを食べたりして、心地好《よ》い疲労に眠気を誘われる。空っぽになったようでありながら充《み》たされたようでもあって、淋《さみ》しさの入り交じった甘い気持ちが湧いてくる。それでいて我が前途には真っ白なキャンバスのように夏休みという時空が広がっているのだ。小学生ながらに「これが幸せというものか」としみじみ思ったものである。

そんな回想に耽《ふけ》っていると、このがらんとしたアパートが、あの遠い夏の日のプールサイドのように感じられてきた。

夏休みの昼下がり、明石さんと二人きり。

時間よ、止まれ——そう祈りたくなるのも当然のことであろう。

そんな私のひそかな祈りを知るよしもなく、明石さんは猫背気味になり、眉《まゆ》をひそめてノートパソコンを睨《にら》んでいる。編集について考えをめぐらせているのだろう。

その凜々《りり》しい横顔に見惚《みと》れているうちに、先ほどの「五山送り火」をめぐる小津と明石さんのやりとりが浮かんできた。地平線の彼方《かなた》から押し寄せてくる、不気味な暗雲を見たような気がした。どうしようもなく心がざわついてしまう。

来たる八月十六日、明石さんは送り火見物へ出かけるという。

いったいどこの馬骨野郎と？

それは私にとって到底無視できない大問題であった。

○

ここでもう一度、時計の針を一日前の八月十一日へ戻そう。

映画撮影が終わったあと、我々は銭湯「オアシス」へ出かけた。

アパートから炎天下の住宅地へ出たのは午後四時過ぎ、太陽が足下に色濃い影を落とし、街路樹では蟬が鳴いていた。

まるでデジャヴのようだと私は思った。

この夏、同じような気怠い午後を幾度繰り返してきたことであろう。

当アパート最寄りの銭湯「オアシス」は、下鴨泉川町から御蔭通《みかげどおり》へ出て、高野川《たかのがわ》を東へ渡った住宅地にある。大きく「ゆ」と染め抜いた暖簾《のれん》といい、主人の座りこんでいる番台といい、大きな籠《かご》のならぶ脱衣場といい、まさに銭湯のイデアというべき銭湯である。下鴨幽水荘には十分間百円のコインシャワーしかないので、ゆっくり湯につかりたい住民は御蔭橋を渡って「オアシス」へ行く。その名のとおり、この銭湯はさまよえる四畳半主義者たちのオアシスであった。

我々は広い湯船につかってポカンとした。

ちゅうちゅうタコかいなと、小津がヘンテコな歌を歌った。

「幕末軟弱者列伝、面白い映画になりそうですね」

「そんなわけあるか」と城ヶ崎氏が唸《うな》った。

「おや、城ヶ崎さんは何かご不満でも？」

「あたりまえだ。あんなポンコツ映画、俺は絶対に認めないぞ」

「明石さんは満足してましたけど」

「映画とは社会への訴えであって、もっと真摯《しんし》に作られるべきものだ。だいたい脚本からしてメチャメチャだ。あんなものを映画にしようなんて考える時点で社会を舐《な》めてる。彼女は才能を無駄遣いしていると俺は思うね」

「どうせ素人映画でしょ」

「おまえみたいなやつが文化を衰退させるんだ」

「何はともあれ私の演技が素晴らしかったことは否定できまい」

樋口氏が唐突に自画自賛した。「ニッポンの夜明けぜよ！」

「そもそも、どうして樋口が坂本竜馬なんだよ」

「弟子の頼みは断れないからな」

「それが一番納得いかない」と城ヶ崎氏は溜息《ためいき》をついた。「どうしておまえが師匠なのよ？　どうして俺じゃないの？　もっと俺は尊敬されてしかるべきだろ？」

ようするに城ヶ崎氏は明石さんに尊敬してもらえないのが悔しいのである。

彼らの不毛なやりとりを聞きながら、私は「もしかするとあったかもしれない」学生生活を想像してみた。一回生の頃に京福電鉄研究会を選ばず、もしも映画サークル「みそぎ」に入っていたとしたら……。おそらく私はサークルのボス・城ヶ崎氏に対して反旗を翻したことであろう。小津と手を組んでポンコツ映画を量産し、とはいえ明石さんほどの才覚はないから、着々とサークル内で居場所を失っていき、二回生の秋頃には小津ともども追放の憂き目に遭っているにちがいない。その悲惨な末路をあたかも実際に経験したかのようにありありと思い描くことができる。だからこそ私は明石さんの境遇に強く共感せざるを得ないのだ。

明石さん、そのまま己の信じる道をひた走れ。

人は己の信じる道を走らねばならぬ。妥協や従属に価値はない。

「この映画は間違いなく傑作です」と私は言った。

城ヶ崎氏はムッとしたように黙りこみ、我々は気まずく沈黙した。

まだ時刻が早いので銭湯「オアシス」はがらがらで、男湯には我々のほかに三人の先客があるばかりだった。彼らはタオルできっちりと頭を包み、壁際にぴったりと横にならんで座り、一心不乱にシャワーを使っている。いささか妙な連中である。

やがて樋口氏は立ち上がって身体を洗いに行き、小津はいそいそと電気風呂《ぶろ》へ向かった。銭湯「オアシス」の電気風呂は刺激があまりに強いため「殺人電気風呂」として名高く、そんな拷問にすすんで身をまかせたがるところに小津という人間の暗い実存を見る思いがする。

そのとき女湯から艶《なま》めかしい声が聞こえてきた。

「ひぐちくーん、じょうがさきくーん」

「おや、羽貫か？」と樋口氏が答えた。「めずらしいな」

「たまには私も銭湯へ行ってみようと思ってさ」

のんびりした羽貫さんの声が響く。

「いいねえ、こういうのも。優雅だね」

私はぼんやりと天井を見上げた。

天窓から射しこむ光の中を濛々《もうもう》と湯気が渦巻いている。

私が思い浮かべていたのは、映画撮影終了後、ひとり庭に立って空を見上げていた明石さんの姿である。その後ろ姿は後光が射しているように神々しかった。

思えば、明石さんと出会って半年が経とうとしている。

初めて彼女と言葉を交わしたのは今年の二月、節分の翌日のことだった。

今でもあの冬の日を鮮明に思いだすことができる。

冷たい灰色の空からちらちらと舞い散る雪、砂糖をまぶしたような比叡山《ひえいざん》、白い雪に埋もれた糺ノ森の馬場、赤いマフラーを巻いて颯爽《さっそう》と歩いていく明石さん、そして雪に埋もれた小さな熊のぬいぐるみ……。

そんなことを思いだしているうちに、私は居ても立ってもいられなくなってきた。

おまえはこの半年、何をうかうかしていたのか。こうしている間にも、忌むべき恋の邪魔者が虎視眈々《こしたんたん》と彼女を狙っているかもしれないのだ。のんびり湯につかっている場合ではない。

私はざばりと勢いよく湯から立ち上がった。

「先に帰ります。ちょっと用事があるんで」

浴場から出ていこうとすると、小津が電気風呂でぴくぴく痙攣《けいれん》しながら「もうお帰り？」と怪訝《けげん》そうに声をかけてきた。

「もっとノンビリすればいいのに」

○

銭湯から出ると、八月の長い夕暮れが始まろうとしていた。

「いくぞ、いくぞ、いくぞ」

風呂桶《ふろおけ》をチャカポコ叩《たた》いて気勢を上げる。

その目的はただひとつ。明石さんを五山送り火見物に誘うことである。

私は知っていた——吉田山界隈《よしだやまかいわい》に大文字山《だいもんじやま》をゆうゆうと見物できる秘密の場所があることを。「京福電鉄研究会」を追放されて暇を持て余し、ひとり空しく町をさまよっていた頃に発見した場所で、いつの日か意中の人を案内しようと決めていた。いわば恋の駆け引きにおけるリーサルウェポンである。いま使わずしていつ使う！

高野川にさしかかったとき、橋向こうの御蔭通にほっそりとした人影が見えた。明石さんである。こちらに気づいた様子はなく、彼女は下鴨神社の方へ歩いていく。本日、下鴨神社の糺ノ森では、夏の「下鴨納涼古本まつり」が開催されているはずであった。

「片付けが済んだら古本市に行こうと思って」

撮影が済んだあとで、明石さんはそう言っていた。

にわかに一点の曇りもない計画が脳裏に浮かんできた。

古書店のテントの下で、私はさりげなく明石さんに声をかける。世間話をしながら書棚に目をさまよわせれば、五山送り火について書かれた本がいくらでも見つかるだろう。私はあくまでさりげなく書棚から本を抜きだし、明石さんの前でめくってみせるのだ。「そういえばもうすぐ五山の送り火ですね」と私は言う。「そうですね」と明石さんは答える。そうなれば、彼女を送り火見物に誘うのは、もはや紳士としての義務にほかならない。

「まさに千載一遇の好機！」

私は武者震いすると、明石さんを追いかけて糺ノ森へ足を踏み入れた。

下鴨神社の糺ノ森には一足早く夕闇が忍んできていた。神社の本殿へ通じる長い参道から脇に入ると、南北に長い馬場の両側におびただしい白テントがならんでいる。そろそろ客足もまばらになって、終了予定時刻を知らせる拡声器の声が響いていた。その声に背を押されるかのように、明石さんはテントからテントへと韋駄天《いだてん》のように飛び移っていく。

結論から言えば、私は彼女に声をかけなかった。

第一に、明石さんの足取りがあまりにも速くて、自然に声をかけるのは不可能だった。

第二に、夢中で本を探す彼女の邪魔をするのが忍びなかった。

第三に、古書店のテントの間をさまよっているうちに冷静さを取り戻したのである。

考えてみれば、明石さんにとって私は「小津の友人」あるいは「樋口氏の隣人」にすぎない。映画「幕末軟弱者列伝」をめぐって彼女の力になろうと努めてきたものの、所詮《しょせん》それは明石さんが作り上げてきた膨大な作品のうちの一つにすぎない。彼女に対する自分の貢献を、私はあまりにも高く見積もりすぎている可能性があった。明石さんとの距離は私が期待するほど近づいていないのではないか？　彼女にとって、私はいまだに路傍の石ころにすぎないのではないか？

たとえば彼女を誘ったとしよう。

「五山送り火を見に行きませんか？」

彼女は眉《まゆ》をひそめて言い放つかもしれない。

「どうして行かなくてはいけないんですか？」

その冷ややかな声を想像するだけで私は震え上がった。

そんなことを考えれば考えるほど足取りは重くなっていく。明石さんとの距離は開いていくばかり、とても追いつけそうにない。

やがて私は完全に足を止め、駆け去る明石さんを見送った。

「今日はこれまで」

そう呟《つぶや》いて、踵《きびす》を返した。

気がつくと私は鴨川《かもがわ》べりへ出ていた。

楡《にれ》の木陰に置かれたベンチに腰かけ、煌《きら》めく水面をしばらく眺めた。

たしかに私は明石さんを誘うことはできなかった。しかし、たとえばこういった私のためらいに対して、「意気地なし」であるとか、「男らしくない」とか、「優柔不断である」とか、薄っぺらい紋切り型の言葉を投げつけてくる人間ほど愚かしい存在はない。明石さんをひとりの人間として尊重すればこそ、己の気持ちを一方的に押しつけることにためらいを覚えるわけであって、この戦略的撤退は私が人情の機微を心得たジェントルマンであることの証左に他ならない。ためらいは紳士のたしなみである。たとえ客観的に見れば一抹のキモチワルサが漂うとしても。

鴨川の土手からは、大文字山が見えていた。

「そもそも送り火に誘うなんて、あまりにも凡庸な手ではないか」

京都で暮らす学生にとって、葵祭《あおいまつり》や祇園祭《ぎおんまつり》、五山送り火や鞍馬《くらま》の火祭《ひまつり》など、意中の人を誘うべきイベントはいくらでもある。かつては意中の人を誘ってそのようなイベントに出かけることに憧《あこが》れた時期もあった。しかしながら男女の関係というものは、おたがいのペースで慎重に作り上げていくべき個人と個人の関係である。観光イベントの年間スケジュールに合わせてガムシャラに推し進めるべきものではない。じっくりと腰を落ち着けて育《はぐく》むべきものである。

今日がダメなら明日がある。

明日がダメなら明後日《あさって》がある。

明後日がダメなら明明後日《しあさって》がある。

下鴨幽水荘に戻ればクーラーがある。そうとも。今の私は「クーラーつきの四畳半」という素晴らしい環境を与えられた人間であった。すべてはここから始まるのだ。綿密な計画、早寝早起き、肉体的鍛錬、学問への精進……その充実した毎日の積み重ねによって、明石さんにふさわしい男になろう。そうすれば彼女と私の関係は自然に親密なものとなっていくであろう。やがて充《み》たされた器から水が自然にこぼれ落ちるように、起こるべきことが起こるであろう。

何か光明が見えたような気がした。

私は「よし！」と掛け声をかけ、明日への希望と風呂桶を胸に抱えて立ち上がった。

そうして鴨川から下鴨幽水荘へ戻った私を待ち受けていたのは、じつにしょうもない事件であった。にもかかわらず、それは私というひとりの人間の命運どころか、この銀河系を含んだ全宇宙的危機の端緒となったのである。

○

下鴨幽水荘へ帰って玄関に入ると、二階から賑《にぎ》やかな声が聞こえてきた。

「あの人、どこへ行ったんです？」

小津の甲高い声がひときわ大きく響いている。

銭湯から戻ってきたあとも樋口氏たちと遊んでいるらしい。

階段を上りきって廊下を歩いていくと、その奥では樋口氏や小津がうろうろしている。城ヶ崎氏と羽貫さんもいる。みんな物干し台を覗《のぞ》いたり、部屋のドアを開けたり、積み上げられたガラクタをかきわけたりして何かを探している様子である。いやに涼しい風がくるなと思ったら、２０９号室のドアが開けっ放しになっていた。またしても私のクーラーを勝手に使っているのだ。怒りの声を上げようとしたとき、物干し台から明石さんが姿を見せた。私が鴨川で傷心を癒《い》やしている間に古本市から戻ってきたらしい。

彼女は私の姿を見て、「先輩！」と息を呑《の》んだ。

「なんだい？　どうかしたの？」

明石さんの声につられて、そこに集まった樋口氏、小津、城ヶ崎氏、羽貫さんが、全員こちらへ顔を向けた。「ああ」とか「おお」とか驚きの声を洩《も》らす。彼らの視線は私の抱えている風呂桶《ふろおけ》に注がれており、そこには今まで感じたことのない尊敬の念さえ漂っていた。

「なるほどそういうこと。準備万端というわけね」

羽貫さんが言った。「これは惚《ほ》れるわ」

あの城ヶ崎氏さえ「見直した」という顔をしている。「おまえ、盛り上げるなあ」

ひとまず私は城ヶ崎氏の手からクーラーのリモコンを奪い、２０９号室のクーラーを停止させた。「勝手に使わないでくださいよ」と言い、リモコンを小型冷蔵庫の上に置いた。そこには半分ほど残ったコーラのペットボトルがあった。

明石さんが心配そうに言った。

「先輩、本当にするんですか？」

「するって何を？」

「何をって、つまり……その……」

「さあさあ。それでは踊っていただきましょう！」

小津が私の腕を摑《つか》んで廊下の中央に立たせた。ほかの連中はソファに腰かけたり、丸椅子を持ってきたりして、期待に満ちた目で私を見つめている。私は風呂桶を抱えたまま、あっけにとられて彼らを見まわした。諸君はワタクシに何を期待しているのか？

「踊れって何を？」

「いやいや、ついさっき話してたでしょ？」

小津がニヤニヤ笑いながら叫ぶ。「裸踊りですよ！」

「裸踊り？ なんでだよ？」

「いやはや、もったいぶるねえ」

樋口氏が顎《あご》を撫《な》でながら言う。

城ヶ崎氏が顔をしかめた。

「おい、ここから引っ張るのはカッコ悪いぞ、やるなら男らしくやっちまえ」

「ちゃんと見届けてあげるから」と羽貫さん。

「いや、だから、話がまったく見えないんですよ」

途方に暮れて明石さんを見ると、彼女は樋口氏の背後に隠れるようにしていた。恥じらいと、諦念《ていねん》と、若干の知的好奇心の入り混じった複雑微妙な表情を浮かべている。

「もう小道具は持ってるじゃないですか」

小津は私の抱えている風呂桶を指さした。

「それをほら、こうやって、踊ればいいわけですよ」

彼は見えない風呂桶で股間《こかん》を隠しつつ踊ってみせた。

邪悪な笑みを浮かべて踊る小津の姿を今でも克明に思いだすことができる。それはまさに「悪の化身」そのものだった。実際、その悪魔的ダンスによって、小津は私の未来を打ち砕くのみならず、全宇宙を破滅の危機にさらすことになったのである。

小津の右腕が冷蔵庫にあたり、その拍子にコーラのペットボトルが倒れた。黒く泡立つ液体が流れだして、みるみる冷蔵庫からこぼれ落ちていく。

明石さんが「リモコン！」と叫んだ。

私は小津を押しのけて駆け寄ったが時すでに遅し。

リモコンはコーラに沈み、その機能を完全に喪失していた。

○

小津の引き起こした「コーラ事件」という悲劇によって魂の抜け殻となった私は、わけのわからない裸踊りの要求を足蹴《あしげ》にして、209号室に立て籠《こ》もった。そして明石さんたちが帰った後、樋口氏の呼びかけでクーラーのお通夜が行われたことはすでに述べた通りである。

ここで時計の針を八月十二日現在に戻そう。

私は廊下の壁にもたれて、明石さんの横顔を見つめていた。

「明石さんは誰といっしょに送り火見物に出かけるのだろうか？」

そんな私の心配をよそに、明石さんは青ざめた顔でパソコンを睨《にら》み、その顔つきはいよいよ厳しいものになっていた。混沌《こんとん》のきわみにある撮影素材を、いかにして一本の映画にまとめ上げるべきか、頭を悩ませているのだろう。とてもではないが「送り火デート」の相手を訊《き》けるような生ぬるい雰囲気ではない。

私が悶々《もんもん》としていると、明石さんが画面を見つめたまま言った。

「先輩、ちょっといいですか」

おそろしく真剣な声だった。

胸中を見抜かれたような気がして、私はギクリとした。

「この場面を見てもらえませんか。ちょっと気になることがあって」

どうやら映画についての相談らしい。私はホッとしてソファに近づき、明石さんのかたわらに腰を下ろすと、ノートパソコンの画面を覗きこんだ。

そこには大家さんの庭と河童《かっぱ》様の像が映っており、白塗りの岩倉具視（＝小津）とポンコツ新撰組が乱闘を繰り広げている。クネクネと河童にからみつく岩倉具視は妖《よう》怪《かい》のようだし、新撰組の立ちまわりには躍動感のかけらも感じられず、そのうえ遠景にはアパートの物干し台が映りこんでいる。

気になるといえばどこもかしこも気になる映像であって、明石さんがとりわけ何を問題にしているのか分からない。私が怪訝《けげん》に思っていると、明石さんはしばらく無言で動画を進めていき、ふいに「ここです」と鋭い声で言った。

「え、どこ？」

「ここです。この物干し台を見てください」

明石さんは動画を一時停止して画面を指さした。

アパートの物干し台にひょろりとした人影が見えている。

「これは小津だろ」と口にしてから、「おや？」と思った。

だとすれば手前の庭で新撰組と乱闘を繰り広げているのは何者か？

「小津が二人、映ってる」

「さっき動画を見返していて気づいたんです。もしかして小津さん、双子なんですか？」

「馬鹿な！　そんな話、一度も聞いたことがない」

「私たちには秘密にしているとか」

明石さんにそう言われると、私も「ひょっとして」という気持ちになってきた。

つねづね私は小津という男の八面六臂《ろっぴ》の活躍ぶりに舌を巻いてきた。映画サークル「みそぎ」の一員にして、樋口清太郎の弟子。それはこの奇怪な男の一側面にすぎないのだ。小津は他にも複数のサークルを掛け持ちし、宗教系ソフトボールサークルや胡散《うさん》臭い某学内組織では今や重鎮として扱われていると聞いた。私に匹敵する貧弱な肉体の持ち主に、どうしてそのような超人的活躍が可能なのか、「学業をおろそかにしている」という事実だけでは説明がつかない。明石さんの言う「小津複数説」を採用すれば、これらの疑問も氷解するのである。

私はもう一度、ノートパソコンの画面を睨んだ。

画面の中にいる小津はアパートの物干し台から身を乗りだし、新撰組に追いつめられて河童に抱きついているもうひとりの自分を見つめ、面白くてたまらないというように満面の笑みを浮かべていた。今にも悪魔的な高笑いが聞こえてきそうだった。

その邪悪な笑みを見つめているうちに、想像の中で蠢《うごめ》く小津が一人から二人へ、二人から四人へ、四人から八人へと、まるで雑菌のように増殖していく。あたかも地球を侵略する顔色の悪いエイリアンのごとし。

明石さんと私は顔を見合わせた。

「どういうことなんだろう？」

○

「仲良しねえ、おふたりさん！」

ふいに廊下の向こうから陽気な声が聞こえた。

顔を上げると、羽貫さんと城ヶ崎氏が歩いてくるのが見えた。

そのとたん、明石さんはサッと動画を閉じて私に目配《めくば》せした。小津の恐るべき秘密については、しばらくおたがいの胸にしまっておこうというのだろう。私は小さく頷《うなず》いた。「小津複数説」は不気味このうえないが、明石さんと秘密を共有するという状況は悪くない。

城ヶ崎氏がポケットに手を突っ込んだまま、「よう」と無愛想に言った。

「暑いねー」と羽貫さんは言った。すでに述べたように彼女は歯科医院に勤める歯科衛生士であり、城ヶ崎氏と樋口氏の友人である。「樋口君、いる？」

「いま小津と一緒に大家さんのところへ行ってますよ」

私は立ち上がりながら答えた。「そろそろ戻ると思いますけど」

「久しぶりに三人でごはん食べに行こうと思ってさ。ほら、昨日は樋口君がクーラーのお通夜するとか言いだして行けなかったから。よければ君たちもおいでよ」

羽貫さんは明石さんの隣に腰かけた。

「で、どうなったの。クーラーは？」

「おかげさまでぶっこわれたままですよ」

「それはご愁傷さまでした。まだ夏は長いのにねえ」

羽貫さんは面白そうに言った。あまり同情しているようにも見えない。

「で、映画はちゃんと完成しそう？」

明石さんは「おかげさまで」と言ってパソコンを撫《な》でる。

「楽しみにしてる。樋口君、坂本竜馬なんでしょ？」

「あいつ、同じ台詞《せりふ》しか言わなかったぞ」

城ヶ崎氏が文句を言った。「あれで演技と言えるのか」

「この人の意見なんて気にしないでいいよ。才能ないから」

羽貫さんは明石さんの耳元で囁《ささや》いた。映画サークル「みそぎ」において城ヶ崎氏は絶対的な権力を握っているが、羽貫さんはそんなものを歯牙《しが》にもかけない。

城ヶ崎氏が何か言い返そうとしたとたん、彼の背後でガラクタの崩れる音がした。この廊下に積み上げられたガラクタはつねに危うい均衡を保っているので、些細《ささい》なきっかけで崩れてしまうのだ。

羽貫さんは眉《まゆ》をひそめて振り返った。

「ちょっと城ヶ崎君、何やってんの」

「俺は何もしてないぜ」

「へんなとこ触ったんでしょ」

「どうなってんだよ、このアパートは。ゴミだらけじゃねえか」

城ヶ崎氏はぶつぶつ不平をならべながら、それでも案外素直にガラクタを片付け始めた。羽貫さんといっしょにいるとき、彼の暴君ぶりは緩和されるらしい。羽貫さんは「あは」と笑ってからこちらへ向き直り、「私も撮影見学したかったなー」と残念そうに言った。

それを聞いて、私は首を傾げた。昨日の映画撮影の終盤、羽貫さんは現場に姿を見せていたはずである。いつものように傍若無人に振る舞って、ただでさえ混沌《こんとん》のきわみにあった撮影現場を思うさま引っかき回していた。「おつかれさま！」と背中を叩《たた》かれた記憶もはっきりある。

「羽貫さん、昨日撮影現場にいませんでしたっけ？」

私が訊《き》くと、羽貫さんは鼻を鳴らした。

「いるわけないでしょ。夕方まで仕事だったもん。あなたたちみたいな人種とはちがって、私は労働に勤《いそ》しんでるんですからね」

「でも銭湯には来ましたよね？」

「銭湯？」

「女湯から声をかけてきたじゃないですか」

「待って。なんの話よ」

「おかしいなあ。城ヶ崎さん、あなたも聞いたでしょう？」

「ああ、聞いた。あれは羽貫だったぞ」

城ヶ崎氏はガラクタの向こうから億劫《おっくう》そうに返事をした。

「あなたたち暑さでボケちゃったんじゃないの。昨日は仕事帰りに寄っただけ」

羽貫さんは呆《あき》れたように言った。

「そしたら裸踊りの話になって、小津君がリモコンにコーラこぼして、すぐおひらきになっちゃったんでしょう。なんだコイツら、わけわかんないと思ったよ」

どうにも会話が嚙《か》み合わない。なんだか同じようなことが最近にもあった。昨日の夕方、古本市からアパートへ戻ったときのことである。この廊下にみんなが集まっていて、どういうわけか私に裸踊りを要求してきた。小津の引き起こした「コーラ事件」によってウヤムヤになってしまったが、あのときも不気味なほど会話が嚙み合わなかったはずだ。

「ま、夏だしね。みんなボケるのも無理ないよ」

羽貫さんはあくびをして言った。

「ところで城ヶ崎君はさっきから何をしてるの？」

「おまえら、これ何だと思う？」

城ヶ崎氏はしゃがみこみ、廊下に置かれたヘンテコなものを見つめている。

それは煮しめたように黒光りする古畳であった。それもただの畳ではない。アパートの畳を一枚剝《は》がして改造を施したとおぼしく、ひとり掛けの赤い座席が真ん中に据えつけられており、その前にはレバーやスイッチのついた操作パネルまである。

私たちは城ヶ崎氏のまわりに集まった。

「おやー、これはなんだろね」

「そこの壁に立てかけてあったぞ」

「乗り物みたいですね。しかし車輪がないな」

「師匠が拾ってきたんでしょうか？」

「いや、待てよ。ああ、なるほど。これがこうなるのか」

城ヶ崎氏は付属する大きな電気スタンドのようなものを立てた。

おそらく私だけでなく、その場に居合わせた誰もが、某国民的名作マンガを思い浮かべていたにちがいない。あの青くて丸々としたネコ型ロボットはこれによく似た道具に乗って遠い未来からやってきたはずである。しかしそれはあまりにもひねりのない発想すぎて、指摘するのがためらわれた。しばし無言の睨《にら》み合いが続いたのも無理はあるまい。

やがて明石さんがぽつんと言った。

「タイムマシンだったりして」

恥じらうように小さな声だった。

物干し台の風鈴がちりんと鳴った。夏であった。

○

我々はその「タイムマシン」を取りかこみ、ひとしきり笑い転げていた。

実際それはお遊びとは思えないほど精巧に作られていた。操作パネルには年数と月日を設定する目盛りがあり、ダイアルをまわせばきちんと数値が変更できるという芸の細かさだ。年数は「マイナス99」から「プラス99」の間で設定できる。つまり今からちょうど十年後へ行きたければ、「プラス10」の「8月12日」と設定すればよいわけだ。

「誰が作ったんだろう？」

「よほど技術力のある暇人だろうね」

そんなことを言い合っていると、樋口氏と小津が大家さん宅から帰ってきた。

「やあ諸君、ひどく楽しげではないか」

樋口氏はそう言ったあと、城ヶ崎氏に手を差しだした。

「おい、城ヶ崎。私のヴィダルサスーンを返したまえ」

先ほど銭湯「オアシス」に電話をかけてみたが、シャンプーの忘れ物はなかったと言われたらしい。小津も私も盗んでいないというなら城ヶ崎氏が犯人にちがいない、というのが彼の推理だった。丸太ん棒を振りまわすように大胆な推理である。

「謝るなら今のうちだぞ、城ヶ崎」

「おまえのシャンプーなんて知るか！」

そこへ羽貫さんが割りこんだ。

「そんなのどうでもいいよ。このタイムマシンは樋口君の？」

樋口氏は廊下に置かれた物体を興味深そうに見下ろす。

「はて。私のものではないなあ」

「ということは小津のイタズラか？」

城ヶ崎氏が言うと、小津は「まさか」と首を振る。

「イタズラならもっと悪辣《あくらつ》なことをやりますよ」

たしかに他人の不幸を糧に生きている小津にしては邪気の足りないイタズラである。アパートの廊下によくできた「タイムマシン」を置いたところで誰が不幸になるわけでもない。むしろ心温まる笑いが起こるばかりなのだ。

私は操作パネルを覗《のぞ》きこんでみた。年数はマイナス25、月日は「8月12日」と設定されている。ためしにダイアルを回して、年数を0、月日は「8月11日」にしてみた。こうすれば昨日へ行けるわけだ。どうやら時刻を指定することはできないらしい。

唐突に樋口氏が威儀を正して小津に命じた。

「小津よ、旅立つがよい。時空の彼方《かなた》へ！」

「合点承知であります！」

小津は私を押しのけて「タイムマシン」に乗りこんだ。

すかさず羽貫さんと明石さんと私は「タイムマシン」から一歩離れ、小津に向かって敬礼した。小津はレバーに手をかけて我々を見まわした。

「師匠ならびに皆様方。長い歳月、まことにお世話になりました。不肖この小津、たとえ時空を隔てましても、この恩義は決して忘れますまい」

「うむ。達者で暮らせ」

樋口氏が重々しく頷《うなず》いてみせる。

小津は芝居がかった仕草でレバーを引いた。

「さようなら。どうかお元気で！」

次の瞬間、目の前にいる小津がグニャリと歪《ゆが》んだ。いや、小津を含めた空間そのものが歪んだというべきだろう。続いて目映《まばゆ》い閃光《せんこう》が廊下を充《み》たし、猛烈な旋風が渦を巻いた。思わず私は頭を抱えた。わけもわからず揉《も》みくちゃにされているうちに、旋風はピタリとおさまって、あたりはひっそりとした。不気味な静寂の中、風鈴だけがちりんちりんと鳴り続けている。

おそるおそる目を開けると、小津は「タイムマシン」ごと消えていた。

「なによ、今の」と羽貫さんが言った。

「小津さんはどこへ消えたんでしょう?」と明石さんが言った。

我々は顔を見合わせた。誰もが唖然《あぜん》としていた。

物干し台、ガラクタの物陰、倉庫室、樋口氏と私の部屋、一階へ通じる階段や便所まで探したものの、小津の姿はどこにもなかった。そもそもあんなに僅《わず》かな時間で、タイムマシンごと身を隠せるとは思えない。

「もしかして本物だったのかも……」

明石さんが呟《つぶや》くと、城ヶ崎氏は腹立たしそうに「そんなわけあるか」と言った。

「それならあいつはどこへ消えたんです?」

私は言った。「隠れるところなんてどこにもないですよ」

「何か仕掛けがあるんだ。どうせ小津のたくらみさ」

樋口氏と羽貫さんはならんでソファに腰かけていた。もはや彼らは考えるのを止めており、「なるようになるさ」という意見らしい。実際それは正しい態度だった。しばらくすると、先ほどと同じ閃光が廊下に充ち、渦巻く旋風とともに「タイムマシン」と小津が現れたのである。

小津は「いやはや」と言って我々を見まわした。

「みなさん、こいつは一大事ですよ」

「どこへ行ってたんだよ」

私が訊《たず》ねると、小津はこともなげに「昨日ですよ」と言った。

「レバーを引いた瞬間、まわりの風景がグンニャリと歪みましてね。気がつくと廊下はがらんとして、みなさんの姿がどこにもないんです。わけがわからなくて物干し台へ出てみたら、大家さんの庭から賑《にぎ》やかな声が聞こえてきました。欄干からそちらを覗いてみると、ちょうど映画撮影の真っ最中だったんです。『幕末軟弱者列伝』ですよ。これはすごいことになったと思って、ひとしきり見物していたんですが、ひとまず報告に戻ったほうがいいと思って、こうして帰ってきたわけです。いやあ、こいつはすごい道具ですよ」

「おまえ、いいかげんにしろよ」

城ヶ崎氏が怒るのも無理はない。荒唐無稽《むけい》にもほどがある。

そのとき明石さんがアッと叫んだ。

「先輩、あの映像！」

「映像？」

「小津先輩複数説！」

たちまち、先ほど見た不気味な映像が脳裏に浮かんだ。

明石さんが床に座りこんでノートパソコンを開き、我々はその画面を覗きこんだ。河童《かっぱ》様の像に抱きつく岩倉具視、そこへ群がるポンコツ新撰組。そして背景に映りこんだアパートの物干し台に姿を見せた、もうひとりの小津。

「あ、これがワタクシですよ」と小津が得意そうに言った。「画面の手前で暴れている岩倉具視は昨日のワタクシで、物干し台から見物しているのが今日のワタクシ。ほらね、言ったとおりでしょ」

「つまり昨日小津君は二人いたってこと？」と羽貫さん。

明石さんが「ということは」と呟き、我々は「タイムマシン」を見つめた。

真夏の学生アパートに突如出現した驚天動地の新発明。

みんなで息を呑《の》んでいると、ソファからゆっくりと身を起こした樋口清太郎が厳かな声で言った。

「つまりこれは本物のタイムマシンというわけだ」

○

英国の大作家H・G・ウェルズが小説『タイムマシン』を発表して以来百年あまり、「時間を旅する機械」というアイデアは、無数の人々によって繰り返し語られてきた。

なにゆえ我々はタイムマシンに心惹《ひ》かれるのであろう。

それは我々人類にとって時間こそがもっとも根源的な謎であり、誰ひとり逃れることのできない普遍的な制約であるからだ。誰にとっても一日は二十四時間しかなく、泣こうが喚《わめ》こうが砂時計の砂は絶え間なく流れ落ち、過ぎ去った夏は二度と戻らない。だからこそ我々は「時間を旅する機械」を繰り返し夢見てきたのだ。時間を超越すること――それは人類の根本的条件への反逆であり、神にも等しい力であり、究極の自由に他ならぬ。

なにゆえそんなすごいものが、よりにもよってこんなところに。

羽貫さんがひゅうと口笛を吹いた。

「ってことは小津君、タイムトラベラーじゃないの」

薄汚いタイムトラベラー小津の語るところによれば、時間移動は一瞬のことらしい。レバーを引いて目を閉じると、次に目を開けたときはもう「昨日」だったという。

明石さんはタイムマシンに乗りこんで操作パネルを見つめた。

「小津さん、着いたのは昨日の何時頃ですか?」

「僕が河童様の像を押し倒す直前だから……」

現在は午後二時半、昨日河童様の像が押し倒されたのもそれぐらいの時刻だ。

「ということは今と同じ時刻へ行くのでしょうか」

明石さんは呟いた。「たしかに時刻設定のダイアルはありませんし」

私は明石さんの隣にしゃがみこんで、タイムマシンの操作パネルを見た。

年数の目盛りはマイナス99年からプラス99年の間で設定できる。たとえば過去へ行くとすれば大正時代が限度だが、到着先で同じ操作を繰り返せば、飛び石を伝うようにいくらでも過去へ遡《さかのぼ》れるだろう。未来もまた同じである。かたわらの明石さんを見ると、その目は興奮できらきらと輝いていた。

「さっきの人が作ったんでしょうか?」

「さっきの人?」

「ほら、あのモッサリした感じの」

私は先ほど話しかけてきたモッサリ君の姿を思い浮かべた。どう好意的に見ても、大学デビューに着実に失敗しつつある愛すべき一回生にしか見えなかった。しかし能ある鷹《たか》は爪を隠すという。その非ファッショナブルなモッサリ感は、たぐいまれな超天才の「世を忍ぶ仮の姿」なのかもしれない。

そのとき廊下の向こうからペタペタと足音が近づいてきた。

てっきりタイムマシンの持ち主が登場したのかと思ったら、「おーやおや、これは皆さんおそろいで」と甲高い声が響いた。歩いてくるのは映画サークル「みそぎ」における城ヶ崎氏の右腕、映画「幕末軟弱者列伝」では主役の銀河進を演じた相島氏であった。

「城ヶ崎さん、これは何の集まりです？」

「いや、べつに何の集まりってわけでもないけどな」

城ヶ崎氏が怪訝《けげん》そうに言った。

「おまえこそ、何の用？」

「僕は昨日そこにいる彼と約束したものでね」

相島氏は私を指さす。

「眼鏡は見つけておいてくれた？」

「眼鏡?」

「眼鏡だよ、僕の眼鏡」

しかし相島氏はすでに眼鏡をかけている。私がその点を指摘すると、彼は「昨日説明したじゃないの」とウンザリしたように言った。

「これは演じるときに使う眼鏡なんだよ。普段使い用の眼鏡はべつにあって、昨日ここでなくしたんだ。君は探しておくと約束したろ?」

またしても会話が嚙《か》み合わない——同じような感覚をついさっきも味わったばかりである。

「まったく頼りにならないやつだね」

ひとしきり相島氏は文句を言っていたが、その視線が廊下に置かれたタイムマシンに注がれたとたん、彼は「あ!」と叫んで息を吞んだ。「これ! これだよ!」

「相島さん、ご存じなんですか?」

明石さんが訊《き》くと、彼はタイムマシンに駆け寄った。

「昨日ここで見たんですよ。てっきり幻だったのかと思ってたけど、ほら、やっぱりここにあるじゃないの。これはタイムマシンでしょ?」

「そうなんです。タイムマシンなんです」

「いや、じつによくできてるね。誰が作ったの？」

相島氏はこのタイムマシンを映画の大道具だと思っているらしかった。

そうではなくて本物のタイムマシンなのだと明石さんが言うと、彼は一瞬あっけにとられてから、「もしかしてこれはドッキリみたいなもの？」と言った。

「いえ、そうじゃなくて。本当にタイムマシンなんです」

「僕はきらいだね、そういうの。よってたかって人を騙《だま》すなんて」

我々は先ほどの小津によるタイムトラベルについて語り、その証拠となる映像も見せた。しかし相島氏は眼鏡の奥の目を細め、冷笑を浮かべるばかりだった。無理もあるまい。タイムトラベル体験者は小津というこの世でもっとも信用ならぬ男だし、映像はあとからいくらでも加工できる。

「もう一度、タイムマシンを使ってみませんか」

明石さんが言った。「それなら相島さんも信じてくれますよね？」

「まあ、この目で見たら考え直してもいいけどね」

相島氏はあくまで冷笑的な態度を崩さなかった。

○

「さて、諸君。いつへ行く？」

樋口清太郎が言った。

まず手を挙げたのは明石さんであった。

「未来を見に行きませんか？　たとえば十年後とか」

まだ見ぬ未来を誰よりも先んじて目撃する。それこそタイムマシンの醍醐味《だいごみ》という
べきであろう。しかしここには一つ大きな問題がある。十年後の世界を覗《のぞ》きに行った
として、望ましい未来が待っている保証はないということだ。

「自分が死んでたりするとキツイよね、さすがに」と羽貫さんが言った。

そんな未来を知ってしまえば、人生に対する意欲を失うことは必定である。

学業に身が入らなくなって留年しかるのち退学。刻々と迫るタイムリミットの恐怖から逃れるために部屋に籠《こ》もって暴飲暴食を重ね、その自堕落な生活と精神的ストレスによって健康を損なった結果、十年後にピタリと死んで帳尻《ちょうじり》が合うということになりかねない。

「さすがに未来はヤバイよ、明石さん」

「なるほどです」

「先の見えている人生などつまらんからな」

樋口氏が言った。「未来は自分の手で切り開くべし」

第二案は小津の案「ジュラ紀へ行って恐竜と遊ぶ」であったが、ジュラ紀といえば約一億五千万年前である。それに対して我々のタイムマシンは一回で九十九年しか遡ることができない。ジュラ紀に辿《たど》りつくまでには百五十万回同じ操作を繰り返さねばならず、二十四時間体制でタイムマシンを動かし続けてもジュラ紀のかなり手前で全滅する。

第三案は私の案「二年前の春」であった。一回生だった頃の自分をひそかにサポートし、薔薇《ばら》色のキャンパスライフへと導いてやろうと考えたのである。何をおいても優先すべきは小津との出会いを阻止することだ。しかし小津が目ざとく私のたくらみを見抜き、「そんなら僕も一緒に行って、当時のあなたをもっとダメな人間にしてやるから」と言いだした。小津と私の時空を超えた戦いは全員一致で却下された。

タイムマシンの行く先を決めるのは思いのほかむずかしいのである。

「そんならさあ、無難に江戸時代とかにしとけば？」

羽貫さんが言った。「おさむらいさんとか見たくない？」

「それはありですね」と私は言った。「二回ジャンプすれば行けるし」

「ならば諸君、いっそ『幕末』へ行くのはどうだろう」と樋口氏が言った。

たちまち賛成の声が上がった。じつに素晴らしいアイデアではないか。

幕末の京都といえば本物の坂本竜馬や西郷隆盛や新撰組が路地をうろうろしていた時代であり、まさに映画「幕末軟弱者列伝」の世界である。撮影機材を持っていけば幕末の京都が撮り放題、どれだけ金をかけても撮れないような映像がいくらでも手に入る。「機材を取りに戻ってもいいですか」と明石さんは目を輝かせた。

そこへ水をさしたのが城ヶ崎氏である。

「おまえらには危機感というものがないのか？」

「なによ、城ヶ崎君。どうせあなた行かないんでしょ？」

羽貫さんが言うと、城ヶ崎氏は「行くわけないだろ」と吐き捨てた。

「百歩譲ってそのタイムマシンが本物だったとしよう。だからといって、ちゃんと動く保証はどこにもないんだぜ。行った先で故障したらどうするんだ？　おまえら、ずっと幕末で暮らすつもりか？」

「そのときはそのときでなんとかするさ」

樋口氏は飄々《ひょうひょう》と言った。「どんな時代でも人間は生きていける」

たしかに樋口氏のごとき天狗《てんぐ》的人物であれば、新撰組や脱藩浪士たちを煙《けむ》に巻きつつ幕末の動乱をやりすごせるかもしれない。しかし生きる力に乏しい「生粋《きっすい》の現代っ子」というべき私たちが果たして生き延びられるであろうか。樋口氏をのぞく面々は顔を見合わせた。

「やっぱやめとく？」と羽貫さんが囁《ささや》いた。

しばしの沈黙の後、明石さんが言った。

「まずは近場で試しませんか？」

「とりあえず『昨日』にしておこう」と私は言った。

「そうですね。いざとなれば自力で帰れますし」

ずいぶんスケールダウンしたが、千里の道も一歩からである。

現在の時刻は午後二時半過ぎ、昨日にあてはめてみると、まだ大家さん宅で撮影が続いている頃合いである。我々が撮影を終えて引き揚げてきたのは午後三時半頃だから、それまで当アパートは無人のはずであった。我々が銭湯「オアシス」へ出かけたのが午後四時すぎ、そして私が古本市における戦略的撤退を経てアパートへ戻ってきたのが午後六時過ぎ、そこでコーラ事件が起こり……そこまで考えたところで、天啓というべきアイデアがひらめいた。

「すごいことを思いついたぞ！」と私は叫んだ。

昨日の今、まだクーラーのリモコンは壊れていない。ということは、タイムマシンで昨日へ行き、壊れる前のリモコンを持ってくれば、209号室のクーラーをふたたび起動できるではないか。

これほど有益なタイムマシンの活用法はあるまい。

「なーる」と樋口氏が唸《うな》った。「そいつは思いつかなかった」

「タイムマシンを使いこなしてますね。さすがの発想です、先輩」と明石さん。

問題は誰が行くかということであった。ためしに全員で乗ってみたが、あたかも中国雑技団のごときアクロバティックな体勢を保ち続ける必要があり、下手をすればタイムスリップ中に投げだされてしまう。まずは三人を「昨日」へ送ることにして、メンバー選抜のジャンケンをした。

その結果、第一次探検隊は、樋口氏・羽貫さん・小津の三名に決まった。

明石さんは自分の出したチョキを見つめてションボリしている。

「私、ジャンケンの才能がないんです」

「おい、小津。おまえ一度行ったんだから明石さんに譲れよ」

「そいつはごめんこうむります。なにしろ僕は世界でただ一人のタイムトラベラー、いわば当機のパイロットですからね。欠くべからざる人材と言えよう！」

「ちょっと覗いたら帰ってくるからさ」

羽貫さんがそう言って、明石さんを慰めた。

「私のことは気にしないでください」と明石さん。「みなさん、ボン・ボヤージュです」

かくして第一次探検隊（樋口氏・羽貫さん・小津）がタイムマシンに乗りこんだ。

小津は操縦席に座って日付を設定すると、私たちを見まわした。

「それではみなさん。行って参ります」

「リモコンを取ったら、なるべく早く帰ってこいよ」

私は念を押した。「三十分ちょっとで昨日の俺たちが戻ってくるからな」

「思えば、あなたにはずいぶんとご迷惑をかけてきました。たしかに今回のクーラーの件は痛恨の失敗であります。しかし今や僕らにはタイムマシンがある。たとえ命にかえてもリモコンを手に入れて帰ってきますぞ。それまで、どうかお元気で」

「いいから早く行けってば」

小津が「では」とレバーを引くと、閃光《せんこう》そして旋風。彼らを乗せたタイムマシンは消え去って、あとには我々だけが残された。

風鈴だけがちりんちりんと鳴り続けている。

かくして小津たちは「昨日」へと旅立ったわけだが、彼らを見送ったその瞬間から、私の胸中には言いしれぬ不安が芽生え始めていた。

本当に彼らで良かったのだろうか？

樋口清太郎、羽貫さん、そして小津——今にして思えばそれは、思いつくかぎり最悪の人選だったのである。

◯

風鈴が鳴り止んで、あたりはひっそりと静まり返った。

小津たちがタイムマシンとともに消えてしまうと、そこは相変わらずの四畳半アパートである。昼下がりのうだるような暑さが一気に戻ってきたように感じられた。

相島氏が「城ヶ崎さん」と震える声で言った。

「何がどうなっているんです？」

「どうやらあのタイムマシンは本物らしい」

「まさかそんな。SF映画じゃないんですから……」

よろめく相島氏に、明石さんが「相島さん」と声をかけた。

「そこに立っているとタイムマシンが戻ってきたとき危ないのでは？」

相島氏は「ウヒャッ」と叫んで飛び退《の》いた。

我々はタイムマシンの帰還予想地点を用心しいしい遠巻きにした。ホラー映画のように小津と融合して妖怪《ようかい》小津人間になるのは御免こうむりたい。

樋口氏と羽貫さんと小津の三人は「今日」という世界から姿を消し、「昨日」の世界にいるわけだ。昨日の同時刻、樋口氏も羽貫さんも小津も、それぞれが二人ずつ存在していたことになる。明石さんが「なんだかへんな感じですね」と呟《つぶや》いた。

「今日タイムマシンを使ったから小津さんたちは昨日にいるわけです。でも私たちがタイムマシンを見つけるより前、昨日の時点で小津さんたちはすでに来ていたんですよね」

「モヤモヤするね」

「モヤモヤしますね」

「そもそもタイムマシンってどういうことなのよ」

相島氏が言った。「どうしてそんなものがここにあるの？」

「俺たちが知るわけないでしょう」と私は言った。

「知るわけない？　知るわけないだって？」と相島氏は頓狂《とんきょう》な声を上げた。「それなのに君たちは平気で乗りまわしているのか？」

「だから俺はさっきからそれを言ってるんだよ」

城ヶ崎氏はウンザリしたように言った。

そのときである。

「あのう、すいません」

廊下の向こうから遠慮がちに呼びかけてくる声がした。

我々が口をつぐんで一斉に振り向くと、相手はいささか気圧《けお》された様子だった。マッシュルームのようにつるりんとした髪型、半袖《はんそで》の白シャツの裾《すそ》をきっちりズボンに入れた木訥《ぼくとつ》な服装。先ほども姿を見せたモッサリ君である。

すると相島氏が親しげに呼びかけた。

「なんだ、君。まだこっちにいるの」

「お知り合いなんですか？」

明石さんが驚いて訊《たず》ねると、かえって相島氏のほうが意外そうな顔をした。

「昨日ここで会ったとき、紹介してくれたじゃないの」

「え？」

「小津君のいとこなんだろ？」

我々が仰天したのは言うまでもない。

そんな話は小津から一言も聞いていないのである。

「夏休みを利用して大学を見学に来てるんだよね？」

相島氏が言うと、モッサリ君は薄気味悪そうに後ずさりした。

「いいえ。ちがいますけど」

「は？」

「人ちがいじゃありませんか」

「おいおい、それはないでしょう。昨日あんなに喋《しゃべ》ったじゃないの」

「僕、あなたに会ったことないです。それに小津という人のいとこでもないです」

そしてモッサリ君は聞き捨てならぬ一言を付け加えたのだった。

「だって、そもそも時代が違いますから」

時代が違う——その言葉の意味するところは明らかであろう。明石さんが相島氏を押しのけて「どういうこと？」と訊《き》くと、モッサリ君は思わせぶりな笑みを浮かべた。

「みなさん。これは驚かずに聞いて欲しいのですが……」

そこでモッサリ君は口をつぐんだ。「おや？」と怪訝《けげん》そうに呟き、廊下に積み上げられたガラクタの山へ駆け寄った。「ここにへんな機械がありませんでしたか？　畳一畳分ぐらいで、レバーとかパネルのついたやつなんですけど……」

「タイムマシンのことか？」

私が言うと、彼は目を丸くした。

「ご存じなんですか！」

「ご存じというか、なんというか」

モッサリ君は嬉《うれ》しそうにニコニコ笑った。

「じつは僕ね、あれに乗ってきたんですよ。ちょうど二十五年後の未来から！」

○

モッサリ君は礼儀正しく「田村《たむら》といいます」と名乗った。

その顔つきや立ち居振る舞いが初々しいのも当然のことで、田村君は大学一回生であった。ただし今から二十五年後の一回生である。しかも彼は当アパート下鴨幽水荘の住人であり、私と同じ部屋、２０９号室で暮らしているという。現在でさえ廃墟《はいきょ》に間違えられるアパートが四半世紀後も存続しているとは喜ばしくも信じがたいことだった。

「君の時代にはタイムマシンが普通にあるのか？」

私が訊くと、田村君は得意そうに胸を張った。

「いえいえ。僕らが自分で作ったんですよ」

「自分たちで？」

「ええ。下鴨幽水荘のみんなで」

今から二十五年後の五月のことである。

大家さん（なお健在）がアパートの住人に招集をかけ、下鴨幽水荘二階にある倉庫室の大整理が決行された。その作業の終了後、バイト代の缶ビールで打ち上げをしているとき、理学部の大学院生がタイムマシンの実現可能性について語りだした。

その院生は奇抜な理論ばかりを唱えて研究室を半ば追放状態にある男だったが、「タイムマシンは製造できる」と断言するのである。やすやすと信じられる話ではなかったが、議論しているうちに盛り上がり、「そんなに言うなら作ってみよう」という話になった。

学生たちは貴重なサマータイムを費やして部品集めに奔走し、帰省すべきところを帰省せず、大学院生の指揮のもとコツコツとタイムマシンを組み立てていった。友情よりも恋を選んだ仲間の脱落、部品代をめぐる金銭トラブル、大家さんからの家賃督促、工学部大学院から招聘《しょうへい》された助《すけ》っ人《と》外国人の活躍など、本筋とは関係ないので割愛する。

三ヶ月後の八月十二日、汗と涙の結晶たるタイムマシンは完成した。そして最初のパイロットに選ばれた人物が田村君だったのである。

「みんな最初に乗るのはイヤだっていうんです。まあ、僕は新入生ですしね」

「つまり君は宇宙船に乗せられたライカ犬というわけだな」

「そうですそうです」

実験台にされたことを田村君はなんとも思っていないらしい。

そういうわけで、人類初のタイムマシン・パイロットとなった田村君は、きっかり二十五年前の八月十二日、すなわち今朝の午前十時、当アパートに到着した。

あたりはひっそりとしていた。クーラーのお通夜明けだったから無理もない。アパートに残っている人間たちは不潔な泥のごとく眠りこけていた時刻である。「いくらドアを叩《たた》いても返事がなくて」と田村君は言う。そう言われてみれば夢うつつにノックの音を聞いたような気がする。

「そいつは悪いことをしたな」

「もっと歓迎してもらえると思ってたんですけどね。しょうがないから外へ出て探検することにしたんです。二十五年前の京都って面白そうだし。それであちこち歩きまわって、さっき戻ってきたところで皆さんに出くわしたという次第」

「さっきはどうして急に逃げだしたの？」

明石さんが訊くと、田村君は苦笑して頭を掻《か》いた。

「いやあ、師匠の姿を見てビックリしちゃって」

「師匠って樋口さんのこと？」

「あの人もタイムマシンに乗ってきたのかと思ったんです。樋口さんは二十五年後も下鴨幽水荘にいるので……あ、こんなこと教えちゃっていいのかな」

「あいつ、二十五年後もここにいるのか？」

城ヶ崎氏はそう言って、「信じられん」と呟《つぶや》いた。

田村君の語るところによれば、樋口清太郎は四半世紀後の下鴨幽水荘においても同じく210号室に居住しており、「四畳半の守護神」であるとも「四畳半にウッカリ墜落した天狗《てんぐ》」であるとも囁《ささや》かれ、アパート随一の古株学生として畏敬《いけい》の念をもって遇されているという。

ようするに何ひとつ現在と変わっていない。

「僕、樋口さんは留年している学生だと思っていたから、こっちの時代でも姿を見るとは思わなかったんです。師匠からはまったく聞いてませんでしたし」

「だからって逃げなくてもいいだろう」

「なんだか動転しちゃったんですよね、あはは」

田村君は朗らかに笑った。「動転しやすいんですよね僕、こう見えて」

「このこと、師匠には内緒にしておくべきでしょうか？」

明石さんが言い、私たちは「うーん」と考えこんだ。

これから四半世紀このアパートで暮らすという運命を知ったとしても、樋口清太郎は顎《あご》を撫《な》でながら「それもまたよし」と言いそうであった。とはいえ、本人が求めてもいないのにわざわざ未来を知らせるのも余計なお世話であろう。

樋口氏には内密にしておこうと我々は申し合わせた。

「それで師匠はどこにいるんですか？」と田村君が言った。

「ああ、ちょっとね。ちょっと昨日へ」と私は言った。

「タイムマシンを使わせてもらってるの」と明石さんが言った。「ごめんなさい。あなたが乗ってきたものとは知らなかったから」

「あ、なーるほど。そういうことですか」

「勝手に使ってごめんなさい」

「いや、べつにいいんですよ。そんなの」

「でも早く帰らないとみんなが心配するでしょう？」

「平気ですよ。だってタイムマシンですもん。出発した直後の時刻へ戻ればいいんです。そうすれば、あっちではぜんぜん時間が経ってないことになりますから」

「あのタイムマシン、時刻設定できるのか？」

私は言った。そんなダイアルは見あたらなかったのである。

田村君は「できないんですか？」と驚いたように言う。

「年数と月日だけだったよ」

「あちゃー、それは気がつかなかったなあ」

田村君はポカンとしたが、すぐに気を取り直して言った。

「それならそれでしょうがないや」

「いいかげんだな」

「僕そういうところあるんですよね、こう見えて」

田村君は「あはは」と笑った。「とりあえずここで待たせてもらいますね」

そう言って、モッサリした未来人はソファにちょこんと腰かけた。

◯

ひとしきり沈黙が続いた。遠くから蟬の声が聞こえてくる。

やがて田村君は「暑いっすねえ」と呟き、唐草模様の手ぬぐいで汗をぬぐった。つくづく未来感に乏しい人物である。それはおそらく我々全員が共有していた思いにちがいないが、とりわけ相島氏はその猜疑《さいぎ》心を隠そうともしなかった。

「君はじつにモッサリしているねえ」

「そうですか？」

「未来人には見えませんよ。いやいや、とても見えない」

「ところがどっこい未来人なのです」

ファッションのみならず言葉遣いまで古典的であった。

未来人らしからぬ未来人を見つめながら、私は二十五年後の世界に思いを馳《は》せた。はたして自分はどんな人生を歩んでいるのだろう。生き延びているとすれば四十代も半ばである。すでに妻も子もあり、人生経験もそれなりに積んで、社会的有為の人材として幅広く活躍していることであろう。それはいいとして、問題は今の四畳半生活の延長線上にそのような未来がまるで見えないことだった。言うまでもなく、すべての責任は小津にある。

明石さんが田村君に問いかけた。

「未来の京都はどんな感じなの？」

「まあ、そんなに変わらないですよ。下鴨神社では古本市をやってるし、鴨川も比叡山もそのままです。もうすぐ五山送り火ですよね。僕らの時代もそうなんです」

「まあ、京都だからな」と私は言った。

「あ、でもひとつ感動したことがあります。高野川の向こうに『オアシス』っていう銭湯がありますよね。あそこ、僕らの時代にはコンビニになってるんですよ。さっき探検に出かけたとき、実物を見られて嬉《うれ》しかったなあ。ここにお父さんが通ってたんだなって」

「お父さんも京都にいたのか？」

「そうなんです」

田村君は身を乗りだして言った。

「しかもですね、ちょうどこの時代なんですよ！」

そもそも田村君が下鴨幽水荘に下宿することになったのは、入学手続きの日に父親が勝手に決めてしまったからであるらしい。現在からさらに四半世紀の歳月を閲《けみ》しているのだから、そのオンボロ廃墟《はいきょ》ぶりは推して知るべし、玄関先で尻込《しりご》みしている田村君に対して、父親はただ一言、「獅子《しし》は我が子を四畳半へ突き落とす」と呟いたという。気骨ある父親と言わねばなるまい。

私は下駄箱の名札を思い浮かべてみたが、「田村」という名字は記憶になかった。

「ほかのアパートに住んでいるのかもしれませんね。とにかく今は二十五年前だから、お父さんもお母さんもこの近所をウロウロしているはずなんです」

「待って」と明石さんが言った。「お母さんもいるの?」

「お父さんとお母さんは学生時代に出会ったらしいんです。でもあの人たちは嘘ばかりつくから本当のところは分からない。だからタイムマシンに乗れることになったとき、行き先にこの時代を選んだんですよ。二人の出会いの真相が知りたくて」

「そいつは面白いな。お父さんたちを探してみるか」

「面白そう!」

私たちが盛り上がっていると、またしても城ヶ崎氏が水をさした。

「やめとけ。このモッサリ野郎を見て両親が産む気をなくしたらどうする」

「なんてこと言うんです、あなた」

温厚な田村君もさすがにムッとした様子だった。

「ほかならぬ僕のお父さんとお母さんですよ。そんなこと思うわけないでしょう」

「いや、だから、おまえはまだ生まれてないわけだろ。おまえの両親は大学生で、まだなんの覚悟もないんだよ。この時代で何か余計なことをして両親が不仲になったりしたら、おまえの存在は消えちまうんだぞ。タイムトラベラーならもっと危機感を持てよ」

「僕が消える？　どうして？」

「現在を変えると未来が変わる。あたりまえだろうが」

そこで城ヶ崎氏は何か重大な懸念にとらわれたらしい。宙を睨《にら》んで「待てよ」と呟《つぶや》いた。その表情を見ているうちに、厭《いや》な予感が私の胸にも広がってきた。

ふいに明石さんがハッとしたように言った。

「あのリモコン」

それこそ厭な予感の正体であった。

現在を変えれば未来が変わる。ということは、過去を変えれば現在が変わる。

「小津たちはタイムマシンに乗って昨日へ行ったよな」と城ヶ崎氏は考えこみながら言った。「あいつらが昨日のリモコンを手に入れてきたら、リモコンは壊れなかったことになる。つまり過去が変わってしまうわけだ。そうすると、今ここにいる俺たちはどうなるんだ？」

はたしてどうなるのだろう。

昨日リモコンにコーラがこぼれなければ、私たちがエアコンのお通夜をすることもなく、明石さんがリモコンを電器店へ持っていくこともない。昨日の「コーラ事件」以降のあらゆる出来事が変わってくる。つまりリモコンにコーラがこぼれた結果としての「今日」は存在しなくなるのだ。そしてその「今日」に生きる私たちも。

「今ここにいる我々は消えます」と私は言った。

「消えます、じゃねえよ！」

城ヶ崎氏は私の胸倉へ摑《つか》みかかった。

「おまえの思いつきだろ、責任取れ！」

「そう言われても……」

「いや、待てよ。俺たちが消えるぐらいでは済まないかもしれん」

城ヶ崎氏は私を突き放して恐るべきことを呟いた。

「小津たちが昨日からリモコンを取ってくるとするよな。そのことが時間の流れにどんな影響を与えるか分からないが、何が起こっても不思議じゃない。たとえばの話、リモコンひとつ取ってきたことが原因で、小さな変化の連鎖反応が今日の小津を事故死させることだってあり得るわけだ。すると小津は死んでるわけだから、今日の小津がタイムマシンに乗って昨日へ行くことはできなくなる。もしもそんなことになったら深刻な矛盾が生じるだろうが。そもそも小津が昨日へ行かないなら、昨日の小津が死ぬこともないんだからな」

明石さんが眉《まゆ》をひそめて呟いた。

「たしかに矛盾しています。宇宙の摂理に反しています」

ようやく私は城ヶ崎氏の言おうとしていることを理解した。

○

映画「幕末軟弱者列伝」を思いだして頂きたい。

二十一世紀の四畳半から幕末へタイムスリップした大学生・銀河進によって引き起こされた歴史改変は、全宇宙消滅という壮大なカタストロフを招来した。

一見投げやりな展開に見えるが、これは我々の議論の論理的帰結なのである。

銀河進によって明治維新が阻止されたとしよう。そうすると、彼が実験中の事故でタイムスリップすることもなく、「銀河進によって明治維新が阻止された」という前提そのものと矛盾をきたす。背理法的に考えるなら、このような矛盾が発生するからこそ「タイムマシンは実現できない」という常識的結論になるわけだ。しかしこの映画はあくまで「タイムマシンは実現できる」という前提に立つ。そうでなければ、そもそもストーリーが始まらないではないか。

ならばタイムマシンによって生じる矛盾をどのように解決すべきか？

その点をめぐって、明石さんと私の間で激論が闘わされた。その詳細は省略するが、我々の辿《たど》りついた結論は以下のとおりである。

（1）タイムマシンは実在する

（2）しかしタイムマシンによって根本的な矛盾が生じる

（3）したがって、「タイムマシンが実在するこの宇宙」が丸ごと間違っている

映画「幕末軟弱者列伝」の全宇宙消滅という悲劇的結末は、そのような結論から導きだされたものであった。論理的には正しいとしても映画としてはどうなんだと思わざるを得ず、だからこそ私は「これでいいの？」と明石さんに幾度も念を押したので

ある。

現在の我々が置かれた状況との恐るべき類似が見てとれよう。たしかに明治維新とクーラーのリモコンでは、そのスケールは段違いである。しかし深刻な矛盾をきたす可能性があるという点ではまったく同じだ。だとすれば今、全宇宙は消滅の危機に瀕《ひん》している。

○

城ヶ崎氏は顔面蒼白《そうはく》だった。

「だから俺はやめておけと言ったろうが」

「みなさん、何を本気になってるの」

相島氏が言った。「タイムマシンなんてインチキなんでしょ？」

「もういい。おまえは黙ってろ！」

城ヶ崎氏に凄《すご》みのある声で言われ、相島氏は小さくなった。

「なんだかたいへんなことになっちゃいましたね」と田村君が言った。

まるで他人事《ひとごと》のような田村君の口ぶりに腹が立った。「どうして君はそんなに落ち着いてるんだ」と私が非難すると、彼は戸惑ったように「だって僕はこの時代の人間じゃないですし」と言った。自分がこの時空的トラブルの大元締めであるという自覚がないのだ。時空連続体に対する倫理観が根本的に欠けていると言わねばならない。

「僕はタイムマシンに乗ってこの時代を見学に来ただけなので。勝手にタイムマシンを使ったのは皆さんでしょう。それなのに僕が悪いんですか？」

そう言われると返す言葉もなかった。

映画制作前にあれほど明石さんと議論したくせに、本物のタイムマシンを前にして私は何ひとつ懸念を抱かなかった。私利私欲に目がくらんでいたとしか言いようがない。たかがクーラーのリモコンひとつのために、私は全宇宙を危機的状況に追いやったのである。時空連続体に対する倫理観に欠けているのは田村君ではなく、他ならぬ私だと言わざるを得なかった。

「諦《あきら》めるのはまだ早いと思います」

明石さんが冷静な声で言った。

「小津さんたちがリモコンを取って帰ってきたら、すぐに元のところへ返しに行きましょう。コーラがこぼれたのは皆さんが銭湯から帰ってきてからですよね。たしか午後六時過ぎ。それまでに気づかれないように戻しておけば、ちゃんと辻褄《つじつま》は合うわけですから」

しかし小津たちはなかなか帰ってこず、刻々と時間だけが過ぎ去っていく。破滅を待ち受けるような沈黙の中、周囲の現実が硝子《ガラス》のように脆《もろ》いものに感じられてきた。アパートの蒸し暑さも、風鈴の音も、遠い蟬の声も、何もかもが現実感を失っていく。

明石さんを見ると、彼女はまっすぐ背筋を伸ばし、タイムマシンの帰還予想地点を一心に見つめていた。その横顔にはあいかわらず一粒の汗も浮かんでいない。もし全宇宙が消滅したらこの希有《けう》な人も消えてしまう。

思わず私は彼女に声をかけた。

「明石さん」

彼女が振り返ろうとした刹那《せつな》、落雷のような音が響き渡った。

ようやく小津たちが戻ってきたのだ。

そう思ってタイムマシンに駆け寄ろうとした私たちは、ギョッとして顔を見合わせた。帰還したタイムマシンは無人だった。

明石さんが「どうして」と呟《つぶや》いた。

「向こうで何かあったんでしょうか？」

座席を覗《のぞ》きこんでみると一枚の紙が貼りつけてある。そこには天狗《てんぐ》の詫《わ》び証文のような胡散《うさん》臭い筆遣いで、次のような一文が記されていた。

諸君も遊びに来たまえ
樋口清太郎

第二章　八月十一日

昨年の晩秋、妙ちくりんな夢を見た。

京福電鉄研究会の内紛によって深く傷つき、俗世との交わりを断ってひとり四畳半に立て籠《こ》もっていた頃である。

それはこんな夢であった。

長々しい惰眠から目覚めた私は万年床から身を起こす。いつもどおりの天井、いつもどおりの四畳半、いつもどおりの静けさ。しかし妙な胸騒ぎがする。共用便所へ行こうとしてドアを開くと、そこにアパートの廊下はなく、まるで鏡に映したような四畳半があった。その四畳半の窓の向こうにも四畳半があった。どこまで行っても四畳半だった。いつの間にか、私は奇怪な四畳半世界へ閉じこめられていたのである。荒唐無稽《むけい》でありながら、妙にリアリティのある夢だった。

この夏休み、私はたびたびその妙ちくりんな夢のことを思い返してきた。

というのも、この不毛な夏休みの一日一日が、あの夢に出てきた無数の四畳半のように思われたからである。昨日と同じ今日、今日と同じ明日……時空の彼方《かなた》まで延々と連なる、代わり映えのしない四畳半の大行列。昨日が今日と同じで、今日と明日も同じであるなら、この夏にどうして終わりがあり得よう。

私は永遠のサマータイムをさまよっている——。

◯

明石さんとタイムマシンに乗って「昨日」へ到着したとき、そこが本当に「昨日」なのか、一見しただけでは分からなかった。うだるような午後の暑さ、廊下に積み上げられたガラクタ、風に揺れる風鈴の音……これほど違いの分かりにくい時間旅行もあるまい。

しかし樋口氏の２１０号室のドアには「大家さん宅にて映画出演中」と書いた紙が貼りつけてあった。彼は電話を持っていないので、外出の際には必ずその理由を書いてドアに貼り、訪ねてきた弟子や友人たちの便宜を図っている。ということは、今まさに映画「幕末軟弱者列伝」が撮影中だということである。

「明石さん、ここは本当に昨日らしいぞ」

ふり返ると明石さんはしゃがみこんで、弱々しく背中を丸めている。

「すいません。ちょっと酔っちゃって……」

たしかにタイムマシンの乗り心地は快適とは言いがたい。時間を超える瞬間には眩暈《めまい》がしたし、内臓を揺さぶられるような感触は厭《いや》なものだった。しかし私はなんともないのだから、明石さんはよほど時間旅行が体質に合わないのだろう。

彼女は私の手を借りて立ち上がり、廊下のソファに倒れこんだ。

「先輩……リモコンを早く……」

つい先ほど——といっても「明日」のことだが——からっぽのタイムマシンが戻ってきたとき、全宇宙消滅の危機に直面した我々の取るべき道はただひとつであった。タイムマシンに乗って「昨日」へ行き、クーラーのリモコンがきちんと壊れるように辻褄を合わせた上で、小津たちをすみやかに連れ戻すことである。城ヶ崎氏は「なんとかしろ」と言うだけでタイムマシンに乗ろうとしないし、相島氏は鼻で笑うばかり。田村君は「僕も行きます」と言ってくれたが、その申し出は丁重にお断りした。なおさらややこしくなるからだ。

今や全宇宙の命運は明石さんと私の肩にかかっている。

現在は午後三時すぎ、そろそろ「幕末軟弱者列伝」の撮影が終わる頃合いであった。間もなく撮影部隊がこのアパートへ引き揚げてくる。

「どこだ？　どこだ？　どこだ？」

自室や廊下を探しまわったがリモコンはどこにも見あたらなかった。考えられる可能性はひとつしかない。小津である。

「探しに行かないと」と明石さんが言った。

「いや、明石さんは少し休んだほうがいい」

「そういうわけにはいきません。みんな戻ってくるし……」

彼女は身を起こしたが、ふたたび「おえッ」と嘔吐《えず》いて涙目になった。

私はタイムマシンを物干し台へ運びだし、干してあった布団で覆うことにした。そうやってカモフラージュ作業に勤《いそ》しんでいる間も、大家さんの家からは学生たちの賑《にぎ》やかな声が聞こえてくる。映画サークルの連中が撤収作業を進めているのだ。

物干し台から引き返したとき、廊下の向こうから歩いてくる人影が目に入った。西郷隆盛に扮《ふん》したその人物は怪訝《けげん》そうな顔でこちらを見つめている。

「あれ。おまえら、もう戻ってきたのか？」

それは（昨日の）城ヶ崎氏であった。

明石さんがゆっくりとソファから身を起こした。

自分たちの一挙手一投足が時間の流れに影響を与え、この宇宙を危機にさらすと思えば迂闊《うかつ》なことは言えない。明石さんも私も凍りついたように口をつぐんだ。

城ヶ崎氏はいっそう怪訝そうな顔になった。

「どうしたの。おまえら、なんかおかしくない？」

「何ひとつおかしくないです」と私は言った。「きわめて普通です」

暑苦しい衣装を早く脱ぎ捨てたいのであろう、城ヶ崎氏は「まあいい」と首を振って209号室へ入ろうとした。しかし一歩踏みこんだ途端、汗だくの偽西郷隆盛は「なんだよこれ！」と叫んで仰《の》け反った。「おい、リモコンをよこせ」

「リモコンならそこにあるでしょう」

「いや、ないぞ」

「何を仰《おっしゃ》るやら……ないわけがない」

「ないから言ってるんだ。こんな蒸し風呂《ぶろ》で着替えろってのか？」

城ヶ崎氏は着流しの下に詰めこんだタオルを忌々《いまいま》しそうに引きずりだしつつ、「リモコンをよこせ」と詰め寄ってきた。よくもそこまで居丈高になれるものだ。しかしリモコンはどこにもないのである。のらりくらりと言い訳を続けているうちに、城ヶ崎氏はこちらの態度にあらためて不審の念を抱いたらしい。「やっぱりおかしいぞ」と言う。「ここで何してる。まだ撤収作業は済んでないだろう?」

「ちょっと用事があったんですよ。すぐにあちらへ戻りますから」

「それにおまえら、いつの間に着替えた?」

「着替えてませんよ」

「いやいや、着替えてるだろ」

「気のせいですよ。撮影でお疲れなんですよ」

「いや、俺の目に間違いはない。絶対に着替えてる」

突然、明石さんが立ち上がり、「いささか干渉しすぎではありませんか?」と怒りを含んだ声で言った。その頰にはようやく血の気が戻ってきている。

「私という人間があっちにいようがこっちにいようが、着替えていようが着替えていまいが、そんなことは私の自由です。どうして私の行動をいちいち城ヶ崎さんに報告しなければならないのですか? サークルの先輩だからといって私の個人的な行動を監視する権利はないはずです。明白なプライバシーの侵害に対して私は断固抗議します!」

「ちょ、ちょ、ちょっと待ってくれ！」

城ヶ崎氏は持ち前の打たれ弱さを露呈した。

「ちがうんだよ、明石さん。君のプライバシーを侵害するつもりはないんだ」

「それなら放っておいてもらえます？」

「俺はクーラーのリモコンが欲しいだけで……」

「だからリモコンはあります。さっきからそう言ってます」

「いや……でも……だから……うん」

城ヶ崎氏はひとまわり小さくなって口をつぐんでしまった。

そこへ（昨日の）相島氏が「おつかれさまでーす」と言いながら歩いてきた。彼は明石さんと私の顔を見ると、「あれ？」と声を上げた。

「君たち、いつの間に戻ってきたの。まだ撤収作業中でしょ？」

モタモタしていれば（昨日の）我々が戻ってきてしまう。こうなれば城ヶ崎氏たちを蹴散《けち》らしてでも切り抜けるしかない。そう決意して身がまえたとき、伝説のロックスターのごとき「Ｙｅａｈｈｈｈｈｈｈ！！！」という声が廊下に響き渡った。

ギョッとして振り向いた我々の視線の先には羽貫さんが仁王立ちしていた。

彼女は両腕をつきあげて高らかに叫んだ。

「タイムマシンって最高ッ！」

○

明石さんと私が顔面蒼白《そうはく》になっているにもかかわらず、羽貫さんは楽しそうに踊りながら近づいてきた。時空連続体がミシミシと軋《きし》む音が聞こえてきそうだ。

「みんなも来たのね？　来ちゃったのね？」

「なんだよ、羽貫」と城ヶ崎氏が呆《あき》れたように言う。「えらくテンション高いな」

「ちょっと待って、城ヶ崎君。どうしてそんなに澄ましてられるの。信じられない！　ちゃんと味わってる？　この貴重な経験を味わってる？」

「味わうって何を？」

「じれったい人ね。もっと素直に感動して！」

羽貫さんは致命的な勘違いをしているのだ、と私は気づいた。

彼女がタイムマシンに乗ったとき、その場には城ヶ崎氏・相島氏・明石さん・私がいた。そして今ここにいるのもまったく同じ顔ぶれである。羽貫さんはここにいる全員がタイムマシンに乗ってきた明日の私たちだと思いこんでいるのだ。

私は飛び跳ねるようにして羽貫さんに駆け寄った。

「酔っ払ってますね、羽貫さん」

「いやね。酔っ払ってるわけないでしょ」

「酔っ払ってる人はみんなそう言うんです」

明石さんも駆け寄ってきて、羽貫さんに目配《めくば》せした。

「羽貫さん、酔いをさましに行きましょう」

「いや、だから酔ってないってば……」

「酔ってます、でろんでろんに酔ってます。行きましょう」

我々は羽貫さんを引きずるようにしてその場をはなれた。背後から城ヶ崎氏の「わけがわからん」という呆れ声が聞こえてくる。

ともあれ羽貫さんの大胆きわまる乱入によって、城ヶ崎氏の疑念をそらすことができたのは幸いだった。怪我の功名というべきだろう。階段にさしかかったところで、羽貫さんは「なんなのよ、もう！」と我々の腕を振りほどいた。

「それはこっちの台詞《せりふ》ですよ。危うく宇宙が消滅するところだ」

「なによそれ。何の話？」

「あの人たちは昨日の城ヶ崎さんと相島さんなんです」

明石さんが言うと、羽貫さんは目を丸くした。

「え、そうなの？　タイムマシンで来たんじゃないの？」

「タイムマシンで追いかけてきたのは明石さんと俺だけですよ。だいたい、見れば分かるでしょう？　城ヶ崎さんは西郷隆盛の恰好《かっこう》をしてるんだから」

「あ、そうか。ごめんごめん」

「くれぐれも慎重に行動していただきたい！」

私が厳しく言うと、羽貫さんは不満そうに唇を尖《とが》らせた。

「そんなに怒らなくてもいいじゃない」

「ちょっとしたミスが宇宙を滅ぼすことになるんです」

「だからさあ。さっきから言ってるそれは何の話なの？」

しかし時空連続体の危機について、くどくど説明している時間はない。小津たちの居どころを訊《たず》ねると、「銭湯で張り込みするんだってさ」と羽貫さんは笑った。「昨日樋口君のシャンプーを盗んだ犯人を見つけるつもりなのよ。ほんと阿呆《あほ》よね」

薄々予想していたことではあるが、あの阿呆師弟のすさまじいまでの危機感のなさに気が遠くなりかけた。

「あいつら宇宙を滅ぼす気か？」

「連れ戻しましょう」

明石さんは先に立って階段を下りていったが、踊り場へさしかかったとき、「ダメです」と呻《うめ》いて立ちすくんだ。一階の玄関からドッと賑《にぎ》やかな声が聞こえてきた。大家さん宅から撮影部隊が引き揚げてきたらしい。やむを得ず我々は身を翻して階段を駆け上り、階段脇にある共用便所へ滑りこんだ。ドアの内側で息を殺していると、ドヤドヤと階段を踏み鳴らして大勢の人間が上がってきた。

昨日の明石さんと私のやりとりが聞こえてくる。

「先輩たちはこれからオアシスですか？」

「そうだよ。明石さんはどうするの？」

「片付けが済んだら古本市に行こうと思って」

映画撮影終了後、たしかにそんなやりとりがあった。デジャヴのようでデジャヴではない。正真正銘の反復なのである。

明石さんがドアに耳をつけて囁《ささや》いた。

「私って、あんな声なのですか。へんてこな声ですね」

「そんなことないと思うけど」

「いいえ、へんてこな声です」

そう言って、明石さんはしきりに恥ずかしがっている。

ふいに何者かが便所へ入ってこようとした。すかさず私はノブを摑《つか》み、ドアに身体を押しあてて踏ん張った。しばらくすると、「トイレに入れないんですけど」という小津の声が聞こえ、パタンパタンというスリッパの音が近づいてきた。「壊したのか？」という樋口氏の声に、「めっそうもない！」と小津が答える。彼らが二人がかりでトイレのドアを開けようとするので、こちらも三人がかりでおさえつけた。ひとしきり押し合って、なんとか彼らはトイレの使用を諦《あきら》めたようだった。

「まあいいや。銭湯でします」

「貴君、その白塗りのまま銭湯へ行くつもりか？」

「キモチワルイでしょう。このキモチワルサが自分でも名作だと思うんです。電気風《ぶ》呂《ろ》でぴくぴくしてたら、もっとキモチワルイと思いませんか？」

「たしかにキモチワルイことこのうえない」

「というわけで早く行きましょうよ、師匠」

「いや、待ちたまえ。ヴィダルサスーンを取ってこよう」

驚くほど中身のない会話を終え、樋口氏と小津は遠ざかっていく。

私はドアを細めに開けて、近くに人がいないことを確認すると、「行こう」と言った。

階段を下りる直前、廊下の奥に目をやると、駅のホームのような雑踏の中、ぽつんと壁にもたれている自分の姿が見えた。すぐ目と鼻の先に（昨日の）自分が立っている——それは不気味かつ新鮮な経験だった。ここで（昨日の）自分に声をかけたらいったい何が起こるのだろう。魅入られたように見つめていると、（昨日の）自分がこちらを向いた。私は間一髪のところで身を隠した。

明石さんが踊り場で振り返って、押し殺した声で私を呼んだ。

「先輩、はやく！」

私は急いで階段を駆け下りた。

○

アパートから炎天下の住宅地へ出たのは午後四時前、太陽が足下に色濃い影を落とし、街路樹では小さく蟬が鳴いている。

まるでデジャヴのようだと私は思った。

しかしこれはデジャヴではない。紛《まご》う方なき反復なのだ。

「こういうことだったんですね」

木漏れ日の下を歩きながら、明石さんはひとり納得したように頷《うなず》いている。

「昨日撤収作業を終えてアパートへ戻ったら、城ヶ崎さんたちの様子がおかしかったんです。へんな目をして私を見るし、なんだか怖がってるみたいだし。でもこれで謎が解けました。城ヶ崎さんたちはアパートで未来の私と会っていたわけですね」

「ということは辻褄《つじつま》は合っている？」

「そう思います」

しかしどうも今ひとつ腑《ふ》に落ちない。

いっそう腑に落ちないのは羽貫さんの破天荒な冒険である。

銭湯へ向かう道中で彼女の語ったところによると、一時間ほど前にタイムマシンでこちらへ到着するや、彼女は樋口・小津組とは別行動を取って、映画「幕末軟弱者列伝」の撮影現場へ潜入していたというのだ。

「こういうときタイムマシンって便利よね」と羽貫さんは笑う。

それを聞いて脳裏をよぎったのは、昨日の撮影終盤、現場に姿を見せて傍若無人に活躍していた羽貫さんの姿である。今お気軽に明かされる衝撃の事実、カメラの後ろから樋口氏の演技に注文をつけたり、小津が白塗りメイクを直すのを手伝ったり、疲労困憊《こんぱい》のスタッフたちに生温《なまぬる》いカルピスを配ったりしていたのは、未来からきた羽貫さんだったのである！

「でも辻褄は合ってるでしょ。現に昨日、私は撮影現場にいたわけだし」

たしかに辻褄は合っている。しかし本当にこれでいいのだろうか？

最寄りの銭湯「オアシス」は、下鴨泉川町から御蔭通へ出て、高野川を東へ渡った住宅地にある。大きく「ゆ」と染め抜いた暖簾《のれん》といい、主人の座りこんでいる番台といい、大きな籠《かご》のならぶ脱衣場といい、まさに銭湯のイデアというべき銭湯であるが、ここに同一の文章を反復しているように、我々の辿《たど》りついた銭湯もまた純然たる反復に他ならない。

いずれ城ヶ崎氏・樋口氏・小津・私がここへやってくる。昨日の我々に追いつかれる前に未来の樋口氏と小津を連れださねばならない。

暖簾をくぐろうとして、私はふと手を止めた。

「羽貫さん、昨日オアシスにいましたよね？」

羽貫さんはウンザリしたような声をだした。

「さっきもそんなこと言ってたよね。だから銭湯なんて行ってないってば」

それはおかしい。昨日、たしかに私はオアシスで羽貫さんの声を聞いたのだ。女湯から「ひぐちくーん、じょうがさきくーん」と呼びかけてきたではないか。

ひょっとすると、あれもまた「未来からきた羽貫さん」だったのか？ であるなら、いささか厄介なことになる。今ここで樋口氏や小津を連れ戻すだけでは昨日の出来事を再現できない。羽貫さんにも銭湯に入ってもらい、後ほど男湯に入ってくる（昨日の）我々に声をかけてもらわねばならないのだ。どうしてわざわざそんなことをしなければならないのかといえば、「昨日がそうだったから」としか答えようがない。

案の定、羽貫さんは私の提案に渋い顔をした。

「イヤよ、そんなの。面倒臭い」

「だって昨日、あなたは女湯にいたんですから……」

「だから入ってないってば。何遍言わせるのよ、もう！」

昨日入っていないからこそ今日入らねばならないのだ。そうでなければ辻褄が合わない。

私はタイムマシンで過去を改変する危険性を必死に訴えた。下手をすれば羽貫さんや私、それどころか宇宙全体が消え去ってしまう。今ここで羽貫さんが女湯に入るか入らないかによって宇宙の命運が決まるのだ。途中から明石さんが助太刀してくれたおかげで、羽貫さんも半信半疑ながら「しょうがないわね」と頷いた。

私は昨日のオアシスにおけるやりとりを説明した。羽貫さんがそのとおり喋《しゃべ》ってくれるか不安に思っていると、明石さんが「暗記しました」と言った。

「私も一緒に入りますから大丈夫」

「明石さん、頼む」

「まかせてください」

彼女は私を見つめて頷いた。

そして我々はオアシスの暖簾をくぐったのである。

○

番台では顔馴染《かおなじ》みのじいさんが居眠りをしていた。

このじいさんはたいてい居眠りをしており、無人銭湯と変わりない。

私は入浴料を番台に置いて脱衣場を見まわした。下鴨幽水荘に暮らすようになってから幾度この情景を眺めたことであろう。木製の棚にならぶ古びた脱衣籠、コーヒー牛乳や青汁の入った冷蔵庫、ガリガリとうるさい扇風機、信頼性に欠けるポンコツ体重計。

私は脱衣場の隅の不吉な暗がりへ呼びかけた。

「おい、小津。こんなところで何してる」

妖怪《ようかい》ぬらりひょんはマッサージチェアに身をあずけ、「うぎぎ」と奇声を発しながら白目を剝《む》いていた。そのマッサージチェアは使用後たちどころに体調が悪化するという病的傑作であり、「人殺し電気風呂《ぶろ》」および「農学博士のヘンタイ青汁」とならんで、銭湯オアシスが誇る三大拷問装置として広く知られている。そんな自虐的苦痛をわざわざ味わいたがるのは左京区《さきょう》広しといえども、人類の暗い実存を体現する小津ぐらいである。

小津は私に気づき、「あなたも来たんですね」と嬉《うれ》しそうに身を起こした。

「昨日へようこそ。タイムマシンの乗り心地はいかがでした？」

「そんなことよりクーラーのリモコンはどうした？」

「ご安心召されよ。ここにしっかりと確保しております」

小津はズボンのポケットからリモコンを取りだすと、うやうやしく差しだした。

そのリモコンを受け取ったとき、私は安堵《あんど》するとともに深い哀しみを味わった。このリモコンこそ我が栄光の未来への扉を開く魔法の杖《つえ》であった。にもかかわらず、私はみずからこのリモコンに引導を渡さねばならないのである。これを悲劇と言わずしてなんと言おう。

「このリモコンは元の場所へ返す」

「どうして！　せっかく手に入れたのに」

「タイムマシンを濫用すれば宇宙を消滅の危機にさらす。おまえらも余計なことをせずに今すぐ明日へ帰ってくれ。樋口さんはどこだ？」

「とっくに張り込んでますよ、お風呂の中で」

私は脱衣場を横切って硝子《ガラス》戸を開いた。天窓から陽射しが降り注ぐ中、樋口氏は右手にある大きな湯船につかっていた。彼はゆっくりと手を挙げて「貴君も来たのか」と言った。その悠揚迫らざる態度に「張り込み」の緊迫感は皆無である。私が宇宙的危機を訴え、「今すぐ上がってくれ」と頼んでも、樋口氏は「そういうわけにはいかない」と首を振るばかり。

「やむを得ん。力ずくで連れていくぞ。小津、手伝え」

振り返った瞬間、私は悲鳴を上げそうになった。

「おい、どうして服を脱ぐ！」

「お風呂に入るためですよ、もちろん」

「おまえ、俺の言ったことを理解していないのか？」

「師匠のシャンプーを盗んだ犯人を捕まえるんです。タイムマシンを有効に活用しないと」

そう言うと、小津は私を押しのけて浴場へ乗りこんでいく。

樋口氏にしても小津にしても、この宇宙を滅ぼすために生を享《う》けた邪悪な存在としか思えない。脱衣場の掛け時計は午後四時十五分を指していた。昨日の自分たちが銭湯へ到着するまであと五分もない。

私は浴場の戸口に立ち尽くして茫然《ぼうぜん》としていたが、ふいに奇妙な事実に思い当たった。昨日我々がここへやってきたとき、浴場には三人の先客がいたはずである。そろって頭にピタリとタオルを巻き、湯船に背を向けて延々とシャワーを使っていた三人組。なんとも妙ちくりんな連中だったからよく憶《おぼ》えている。にもかかわらず、今この浴場には樋口氏と小津の姿しかない。あの三人組はいつ現れるのだろう？　残された時間はあと僅《わず》かであるのに……。

そこまで考えて、ようやく私はハッとした。番台に代金を置いてタオルを三枚手に取り、服を脱ぎ捨てて浴場へ飛びこむと、樋口氏と小津を湯船から引きずりだした。

「タオルを頭に巻け。急げ！」

壁際にならんだシャワーの前に三人そろって腰を下ろせば、あの妙な三人組そのままだった。昨日銭湯で見た怪しい男たちは、我々自身だったのである。

「昨日の俺たちに勘づかれるな。バレたら宇宙は消滅する」

「でも僕たちはシャンプー泥棒を捕まえなくちゃいけませんからねえ」

「そうとも。悪党には鉄槌《てっつい》を下さねばならぬ」

「樋口さん、帰ったらシャンプーぐらい買ってあげますから」

「そういう問題ではないのだよ、貴君。これは正義の問題なのだ」

そのとき硝子戸の向こうから人声が聞こえてきた。まさに間一髪だった。そちらを見ると、(昨日の) 城ヶ崎氏が番台で入浴料を払っている。そのあとから、(昨日の) 自分たちがぞろぞろと入ってくる。

「やつらが来たぞ」と私は言った。

○

(昨日の) 我々は広い湯船につかってポカンとした。

ちゅうちゅうタコかいなと、小津がヘンテコな歌を歌った。

「幕末軟弱者列伝、面白い映画になりそうですね」

「そんなわけあるか」と城ヶ崎氏が唸《うな》った。

「おや、城ヶ崎さんは何かご不満でも？」

「あたりまえだ。あんなポンコツ映画、俺は絶対に認めないぞ」

「明石さんは満足してましたけど」

「映画とは社会への訴えであって、もっと真摯《しんし》に作られるべきものだ。だいたい脚本からしてメチャメチャだ。あんなものを映画にしようなんて考える時点で社会を舐《な》めてる。彼女は才能を無駄遣いしていると俺は思うね」

「どうせ素人映画でしょ」

「おまえみたいなやつが文化を衰退させるんだ」

「何はともあれ私の演技が素晴らしかったことは否定できまい」

樋口氏が唐突に自画自賛した。「ニッポンの夜明けぜよ！」

かくのごとき会話が湯船で繰り広げられている間、私は壁際で黙々と身体を洗いながら聞き耳を立てていた。「なんと暢気《のんき》なやつらだろう」と怒りさえ覚えた。なにが文化の衰退か、なにがニッポンの夜明けか。宇宙が消滅してしまえば何の意味もない。

樋口氏は私の左でじゃぶじゃぶと身体を洗いつつ、しきりに背後の様子を窺《うかが》っていた。全宇宙の危機が迫っているというのにシャンプー泥棒のことしか念頭にない。

「ヴィダルサスーンはまだ洗面器の中にあるようだ」

「樋口さん、お願いだから余計なことをしないでくださいよ」

「この好機を生かせずしてなんのタイムマシン」

現在この男湯には樋口氏も小津も私も、それぞれ二人ずつ存在している。しかも全員全裸である。この醜悪なトリプルペアの存在を隠し通さねば我らの宇宙に未来はない。そのうえ隣の女湯では、時空の辻褄《つじつま》を合わせるべく明石さんたちが待機している。「オアシス」が宇宙の存亡を賭《か》けた駆け引きの舞台になるなんて、番台のじいさんは夢にも思うまい。

おそるべきことに、やがて湯船から出てきた（昨日の）樋口氏が、（今日の）樋口氏の左隣に腰を下ろし、身体を洗い始めた。

さらに彼らは中身のない世間話を始めたのである。

「夏の銭湯もいいものですな」

「まったく同感です」

「しかし冬の銭湯もいいものですよ」

「ええ、それもまったく同感です。気が合いますな」

宇宙がねじ曲げられていくような恐怖に襲われ、私は（今日の）樋口氏の脇腹を必死についたが、彼は意に介する風もない。樋口氏と樋口氏は意気投合して、あろうことか握手さえ交わしている。

やがて（昨日の）樋口氏がヴィダルサスーンを差し出した。

「これはいいシャンプーでしてね。使ってごらんなさい」

「やあ、これはありがたい」

（今日の）樋口氏はシャンプーを受け取って愛《いと》おしそうに見つめた。（昨日の）樋口氏は俯《うつむ》いて毛臑《けずね》をペタペタと撫《な》でている。もはや私は生きた心地もしなかった。

そのとき女湯から艶《なま》めかしい声が聞こえてきた。

「ひぐちくーん、じょうがさきくーん」

（昨日の）樋口氏は「おや」と天井を見上げた。

「羽貫か？　めずらしいな」

「たまには私も銭湯へ行ってみようと思ってさ」

のんびりした羽貫さんの声が響く。「いいねえ、こういうのも。優雅だね」

羽貫さんの名演に安心したのも束の間、（昨日の）樋口氏が髪を洗い始めるのを見て、（今日の）樋口氏も頭を包んでいたタオルを脱ぎ捨てて髪を洗い始めた。シャワーで泡を洗い流せば、二人が同一人物であることは一目瞭然《りょうぜん》となってしまう。

（昨日の）私が立ち上がって浴場から出ていこうとしたのはそのときである。

「先に帰ります。ちょっと用事があるんで」という声が聞こえてきた。（昨日の）小津が電気風呂《ぶろ》でぴくぴく痙攣《けいれん》しながら、「もうお帰り？」と声をかけている。「もっとノンビリすればいいのに」

私の右側にいる小津が耳打ちしてきた。

「昨日不思議に思ったんですけどね。あなた、どうして急に帰ったんです？」

「べつになんでもない。ちょっとした用事があってな」

「ははーん」

「ちょっと今、忙しいんだ。黙っててくれ！」

「女でしょう？」

私はギョッとして小津を見た。

「どうやら図星のようですね」

小津はニヤリと笑って呟《つぶや》くと、ヌルリと不気味に立ち上がる。

「なーるほどね。そういうことなら昨日のあなたを尾行してやろう」

私は「よせ！」と摑《つか》みかかったが、小津はつるんと逃れて脱衣場へ向かった。

すぐさま追いかけたいのは山々だったが、今は樋口氏の正体が露見するかしないかの瀬戸際にある。しかも脱衣場では（昨日の）私自身が着替え中である。

私が樋口氏の頭にシャワーを浴びせてタオルを巻きつけていると、（昨日の）私がそそくさと銭湯から出ていくのが見えた。私は樋口氏の腕を摑んで浴場を横切った。

しかし間に合わず、私が脱衣場へ出ると同時に小津は銭湯から飛びだしていった。暖簾《のれん》をくぐる直前、一瞬こちらを振り返った小津の悪魔的微笑を私は生涯忘れないであろう。

私が地団駄を踏んでいると、樋口氏が声をかけてきた。

「イライラしたもうな、貴君」

「イライラさせているのは誰です？」

「そう怒りたもうな。おとなしく引き揚げるから」

そう言って樋口氏が得意げに見せたのはヴィダルサスーンだった。

「盗まれる前に盗んでおくことにしたよ。辻褄は合うだろう？」

たしかに辻褄は合っている。しかし本当にこれでいいのだろうか？

昨日、樋口氏は銭湯でヴィダルサスーンを盗まれた。だからこそタイムマシンに乗ってここへ来たわけだ。しかしヴィダルサスーンを盗んだ犯人は、タイムマシンに乗ってきた樋口氏本人であった。樋口氏が樋口氏のものを盗んで、盗まれた樋口氏がまた樋口氏のものを盗む。この時空を超えたひとり相撲に対して、俺はいったいどう対処すべきなのか？

茫然《ぼうぜん》としている私を尻目《しりめ》に樋口氏はゆうゆうと着替えを始めた。

あまりの阿呆《あほ》らしさに気が遠くなったが、私は脱衣場の天井を見上げて大きく深呼吸をした。「これでいいんだ」と呟いた。たしかに樋口氏の言うとおり、これで辻褄は合っている。わざわざ文句をつける筋合いはない。たとえ不毛であろうとも辻褄が合いさえすればそれでいい。今後この件について思い煩うのは一切止めよう、と私は心に決めた。

急いで服を着こみ、私は番台に近づいた。うずたかく積み上がった小銭を前にして、じいさんは相変わらず幸福そうに居眠りしている。

「明石さん、そこにいるか？」

明石さんが衝立《ついたて》の向こうから顔を覗《のぞ》かせた。

「うまくいきましたか？」

「うまくいった」

「シャンプー泥棒の正体は？」

「それはあとで話す。そんなことより」

私はクーラーのリモコンを明石さんに託した。

「やっぱり小津が持っていた。これを元のところへ戻しておいて」

「先輩は戻らないんですか？」

「俺は小津を捕まえに行く。明石さんは先にアパートへ戻って、樋口さんと羽貫さんを未来へ送り返してくれ。あの人たちは危なっかしくてしょうがない」

明石さんは頷《うなず》いてから怪訝《けげん》そうに言った。

「でも小津さんはどこへ？」

「行く先は分かってる」

◯

銭湯から出ると、八月の長い夕暮れが始まろうとしていた。

「ヤバイぞ、ヤバイぞ、ヤバイぞ」

私はぷつぷつ呟きながら御蔭通を西へ向かった。

昨日のできごとを思い返してみよう。銭湯をあとにした私は、下鴨幽水荘へ帰る途上、古本市へ向かう明石さんの姿を見かけた。そして「千載一遇の好機！」と勇み立ち、彼女を五山送り火に誘うべく追いかけたものの、名誉ある撤退を選んだのであった。

——昨日のあなたを尾行してやろう。

そう言って小津はオアシスを出ていった。

八月十一日午後四時半現在、明石さんを追う私を追う小津を私が追っている。

なんとしても小津に追いつかねばならなかった。さもなければ、明石さんを誘うに誘えず、しょんもりと古本市から撤退する勇姿を目撃されてしまう。

それだけでも筆舌に尽くしがたい恥辱だが、問題はそのような人間喜劇を目撃したあとの小津の行動である。他人の不幸で飯が三杯喰《く》えると豪語する男がおとなしく物陰で見守っているはずがない。あまりのオモシロさに我を忘れ、時空の秩序を破壊するような暴挙へ及ぶに決まっている。

創造よりも破壊——それこそが小津の信条なのだ。

○

私が小津と出会ったのは「京福電鉄研究会」という学内サークルであった。

その名称からして鉄道マニアの集いと思われがちだが、いわゆる鉄道愛好会とは趣きが異なる。というのも、そのサークルは「かつて京都と福井は京福電鉄によって結ばれていた」という仮説に基づいて設立された妄想系鉄道サークルだったからである。サークル内の伝承によると、嵐電《らんでん》・叡電《えいでん》・福井の京福という三路線はかつて「鯖街道《さばかいどう》線」という一つの長大な路線だった。今でも街中のあちこちに鯖街道線の遺跡を見いだすことができる。

これは純然たるホラ話であり、読者諸賢は信じてはいけない。

サークルの主たる活動は、存在しない鯖街道線の「廃線跡」を辿《たど》り、当時の「遺跡」を発見することだった。サークル員たちはいずれ劣らぬ具眼の士であり、街中だろうが森の中だろうが、ありとあらゆるところに遺跡を見つけることができた。半日ほど調査活動に精を出したあとは、馴染《なじ》みの居酒屋で総括をした。その日もっとも「それっぽい発見」をした人間は生ビールを一杯奢《おご》ってもらえるしきたりで、かつて私も福井から京都へ海産物を運んだ「鯖列車」の車庫を発見した業績によって、その栄誉に浴したことがある。ようするに「京福電鉄研究会」とは、妄想的仮説に基づいて架空の鉄路に思いを馳《は》せる、このうえなく知的な大人の遊びであった。

物好きな新入生を二人迎えた五月中旬のことだった。新緑もみずみずしい鞍馬《くらま》山中の調査活動を終えた我々は、出町柳《でまちやなぎ》近くの居酒屋で新歓の宴《うたげ》を開いていた。「それっぽい発見」をした人間への生ビール贈呈式も終わり、新入生たちの自己紹介も済んだところで、「皆さん、今年は思いきったことをしませんか」と小津が言った。

「サークルの活動を同人誌にまとめて学園祭で売るんです」

鯖街道線のロマンを広く世に知らしめよう、というのである。

その案には当初から慎重論を唱える仲間もあった。曰《いわ》く、鯖街道線は我々ひとりひとりの心の中にある「我が心の鉄路」である。みんなちがって、みんないい。しかし同人誌にまとめるということになれば、ある程度客観的な形に収斂《しゅうれん》させることは避けられず、それぞれが抱いている夢想の相違点もあらわになってしまう。それはこの研究会の自由な気風を損なうことになるであろう。

今にして思えば、その意見はまったく正しかった。

その春から夏にかけて「京福電鉄研究会」の雰囲気は悪化の一途を辿った。

もちろん原因は小津の提案した同人誌にあった。同人誌計画をきっかけにメンバーの頭に居座り始めた「現実的な」「合理的な」「採算性重視の」あるべき鯖街道線が争いの火種となった。あれほど紳士的におたがいの妄想を尊重していた男たちが、次第に他のメンバーの妄想に対して「それは現実的ではない」「合理的ではない」「採算が取れない」などとケチをつけるようになってきたのである。

祇園祭の頃、下鴨幽水荘へ訪ねてきた小津に私は言った。

「どうもキナ臭いことになってきたな」

「まったく皆さん、どうしちゃったんでしょうねえ」

「おまえのせいだろ。責任取れ」

「でも僕としては良かれと思って提案したわけですから」

小津は気楽そうに言った。「まあこういう時期もありますよ。人間だもの」

しかし夏休みに入ってもメンバー間の対立はおさまる気配がなく、もとより同人誌の内容もまとまらなかった。いっそ同人誌なんて止めてしまおうという私の呼びかけも無視された。他の連中は「今さら後に引けるか」という気持ちだったのであろう。私はなんとか溝を埋めようとして融和を説いてまわったが、「おまえには自分の意見というものがない」と逆に非難される始末であった。

しかもそのように私を非難してきた急先鋒《きゅうせんぽう》が、当研究会の「自由な気風」が失われることを惜しんで慎重論を唱えていた本人なのだ。いつの間にやら彼は攻撃的な言辞で四六時中周囲に斬りかかる難癖マシンと化していた。あまりの難癖のひどさにその男が半ば追い出されるように「京福電鉄研究会福井派」を立ち上げて独立したのが初秋のことだったが、それでも内紛はおさまることなく、残されたメンバーは嵐電派と叡電派に分かれて激しく争い、もはや学園祭のことなど話題にものぼらなくなった。

結局それぞれが「嵐電研究会」と「叡電研究会」として独立し、残されたのは小津と私の二人だけである。とはいえ、その頃には私もすっかり内紛に厭気《いやけ》がさしており、他のメンバーたちとの連絡も絶ち、下鴨幽水荘に引き籠《こ》もっていた。

そろそろ寒さが身に染みてくる十一月下旬、電熱器でひとり淋《さみ》しく魚肉ハンバーグを焼いている私のもとへ、小津がふらりと訪ねてきた。二人で夜更けまで酒を飲んだ。

「誰もいなくなっちゃいましたね」

「おまえと二人でもやることがない。解散しようぜ」

「やれやれ、そうしますか」

かくして旧「京福電鉄研究会」は消滅したのであった。

ところがこの興亡記には後日談がある。

十二月中旬になって、長らく福井方面に潜伏して調査活動に従事していた「京福電鉄研究会福井派」から、「嵐電研究会」と「叡電研究会」に和解の呼びかけがあった。とっくに学園祭も終わり、今さら同人誌の内容で対立しているのが馬鹿馬鹿しくなったらしい。

呼びかけにこたえて百万遍《ひゃくまんべん》の居酒屋に集った旧研究会のメンバーたちは憑《つ》きものが落ちたような顔をしていた。久しぶりの宴会の席上、たがいに腹を割って話すうちに明らかになったのは、彼らの対立をひそかに煽《あお》り立ててきた小津の暗躍である。

内紛の過程を綿密に検証していくと、過激化した福井派を追いだしたのも小津であり、嵐電派と叡電派が争うように仕向けたのも小津だった。そもそも内紛の発端からして彼の提案した同人誌ではないか。

「ぜんぶあいつの陰謀だったのか」

「悪魔のような男だな」

「しかし小津は去った。もはや争う理由はない」

かくして「京福電鉄研究会福井派」が「嵐電研究会」「叡電研究会」を吸収し、新「京福電鉄研究会」が生まれた。悲惨な内紛の時代を経て、その友情はいっそう固く結ばれた。メンバーたちは今後、小津のような悪党の口車には決して乗るまいと誓ったという。

めでたしめでたし。

という後日談を、年明けに生協の書店で会った小津が教えてくれた。

「……ということらしいですよ」

「おい、なんだそれは」

私は蚊帳《かや》の外に置き去りにされたのである。

いささか手痛い試練であったにせよ、その内紛は「京福電鉄研究会」にとって貴重な経験であったと言えよう。雨降って地固まるという言葉もある。研究会を崩壊にまで追いやった愚かしい内紛の記憶は末永く語り継がれ、自由の気風を守る者たちの戒めともなるだろう。終わりよければすべてよし——と言いたいところだがそんなわけあるか。俺はどうなる。かといって、今さら京福電鉄研究会に戻る気にもなれなかった。


その冬、私は寒々しい四畳半に立て籠もって電気ヒーターを火鉢のように抱き、「あれほど俺は融和を説いたではないか！」と憤っていた。その言葉に耳も貸さず、「おまえには自分の意見というものがない」などと非難しておきながら、いざ狂乱の時代が過ぎ去ったら一切の責任を小津に押しつけ、「みんな仲良くやりましょう」という了見が気にくわない。

「やつらが頭を下げてくるなら許してやってもいい」

しかし誰ひとり訪ねてこなかったのである。

そして小津だけが残った。

○

「我々は運命の黒い糸で結ばれている」とは小津の言葉である。

大学に入学して早二年半、荒野のごとき四畳半をさまよった挙げ句、ようやく手に入れたのは小津という怪人との腐れ縁のみ。いったいこれはどういうことか。私が何か間違ったことをしたというのか。非は私にあるというのか。せめてもう少し同志を、むしろ黒髪の乙女を、と私は思った。

ようやく小津に追いつくことができたのは、御蔭橋を渡った先である。

糺ノ森にさしかかる御蔭通では、今まさに数珠つなぎの追跡劇が進行中であった。しんがりで電柱の蔭《かげ》に身を隠しているのは小津、その先で風呂桶《ふろおけ》を抱えて歩いているのは（昨日の）私、さらにその先を歩いているのは（昨日の）明石さん。やがて（昨日の）明石さんは右手へのびる下鴨神社の参道へ折れた。すかさず（昨日の）私があとを追う。その一部始終を電柱の蔭から見守っている小津は楽しそうに「うひょひょ」と肩をふるわせていた。

背後から忍び寄って腕を摑《つか》むと、小津はギョッとしたように振り向いた。

「あれ！　もう追いついちゃったんですか」

「さあ、帰るぞ」

「ちょっとだけ待ってください。あとちょっとだけ！」

小津は身をよじらせた。

「これから面白くなりそうなんです」

「面白いことなんて何ひとつない。いいから今すぐ未来に帰れ」

「いやいや、ワタクシの目はごまかせませんよ。あそこを歩いてたのは明石さんですよね。そのうしろを歩いてたのはあなたですよね。いったい何をしているんです？」

答えにつまる私を見て、小津は満面に笑みを浮かべる。

「こいつはなんとしても見ておかなくては！」

小津はヌルリと私の手を逃れた。慌てて伸ばした手が空しく宙を摑み、私はバランスを崩して尻餅《しりもち》をついた。その隙に小津は御蔭通をひょいひょいと駆けていく。

「待ってくれ！」

私の叫びに耳も貸さず、小津は糺ノ森へ消えてしまった。

糺ノ森には一足早く夕闇が忍んできていた。下鴨神社へ通じる長い参道から脇に入ると、南北に長い馬場の両側におびただしい白テントがならんでいる。そろそろ客足もまばらになって、終了予定時刻を知らせる拡声器の声が響いていた。私は急いで古書店のテントからテントへと歩いていった。しかし小津の姿はどこにもない。

（昨日の）明石さんと（昨日の）自分を見つけるのは容易なことだった。

明石さんは疾風怒濤《どとう》の勢いで書棚から書棚へ飛び移っていくし、私は必死の形相で追いすがっていく。あたかも馬上のカウガールに縄をかけられて引きずりまわされる西部劇の小悪党のごとし。みっともないことこのうえなし！

昨日、私としては明石さんを「さりげなく」追いかけているつもりだった。しかし今こうして客観的に見ると、その姿は不審者以外の何者でもない。つねにキョロキョロと落ち着きなく、古本を手に取ったかと思えばすぐに書棚に戻して駆けだし、またすぐに立ち止まって書棚の蔭に身を隠す。通りすがりの買い物客たちは胡散《うさん》臭そうに見ているし、古書店の関係者たちは明らかに万引きを疑っている。しかしそうやって眉《まゆ》をひそめる彼らも、私が明石さんを追いかけていることに気づくと、決まって「はーん」「なーるほど」と委細承知の薄ら笑いを浮かべる。

書棚の蔭から（昨日の）自分を見守りつつ、私は頭をかきむしって悶絶《もんぜつ》した。もうそれ以上、みっともない己の姿を衆目にさらさないでくれ。できることならば、すぐさま（昨日の）自分に駆け寄って肩を叩《たた》きたかった。「いいからもう諦《あきら》めろ」と言ってやりたい。

やがて（昨日の）私の足取りが鈍ってきた。先を行く明石さんとの距離が次第に開いていき、ついに（昨日の）私は足を止めた。馬場の中央に立ち尽くし、両側に連なる古書店のテントを見まわしながら、ぼんやりと自嘲《じちよう》的な笑みを浮かべている。書棚の蔭でやれやれと思っていると、ポンと肩を叩かれた。

「なるほど。こういうことでしたか」

小津が満足そうにすり寄ってきて、私の耳元で囁《ささや》いた。このみっともない一部始終をすっかり見届けたにちがいない。もはや言い訳する気にもなれなかった。

「末代までの恥だ」

「もとから末代まで恥ずべき存在じゃないですか。今さら取り繕ったところで何になるんです。これも人間としてひと回り大きくなるための修行ですよ」

そして小津は馬場の中央に佇《たたず》んでいる（昨日の）私に目をやった。

「で、彼は今、何を考えこんでいるんです？」

（昨日の）自分が何を考えていたか、ありありと思いだすことができる。
一、明石さんに自然に声をかけるのは不可能である
一、明石さんの邪魔をするのは申し訳ない

一、よく考えてみれば明石さんとの距離は全然近づいていない

どうも不思議なことなのだが、そうやって（昨日の）自分が彼女を追いかけるのを断念する姿を見たとたん、「どうしてそこで引き下がるのだ」という激しい怒りが湧いてきた。できることならば、（昨日の）自分に駆け寄って、「いいからこのまま追いかけろ」と言ってやりたい。この戦略的撤退が取り返しのつかぬ失敗であることを（昨日の）私は知らないのである。悠長にも「今日はこれまで」と考えている。「明日があるさ」と考えている。しかしそんな「明日」は来ないのである。

小津が「おやおやおや？」と怪訝《けげん》そうな声を上げた。

「引き返していくみたいですよ」

（昨日の）私は踵《きびす》を返し、南へ向かってトボトボ歩きだす。

私がその情けない姿を見送っていると、小津が古書店のテントから滑りだした。

彼は馬場の中央まで行くと、南へ歩み去る（昨日の）私を呆《あき》れたように見つめた。

それから北を向いて、駆け去っていく明石さんを見つめた。北へ、南へ、ふたたび北へ。デンデン太鼓のように視線が動く。やがて南へ駆けだそうとするので、私は慌てて彼の行く手に立ちふさがった。

「待て待て。何をするつもりだ？」

「まさか『今日はこれまで』じゃないでしょうな」

「これで終わりだ」

私が吐き捨てると、小津は目を丸くした。

「え、どういうことなの。あなた、明石さんを五山送り火に誘ったんでしょ？」

「誘っていない」

「それなら誰が誘ったんです？」

「知るもんか！」

小津は空を見上げて「嗚呼《ああ》」と嘆息した。

「どうせ『戦略的撤退だ』とか『明日があるさ』とか言い訳してたんでしょ。その挙げ句、どこぞの馬骨野郎に先手を打たれて……まったくもう、恥を知るべき！」

「おい、正論はよせ」

「少しは悔しいと思いなさいよ」

「悔しいが今さらどうにもならん。取り返しがつかない」

「……いやいや。取り返しがつかないことはないでしょう？」

小津は唇をねじ曲げてニンマリとした。それは時代劇の悪徳商人がお代官様に賄賂《わいろ》の小判をさしだすときの表情そのままで、神聖なる糺ノ森で許される顔つきではない。

「昨日のあなたの代わりに今日のあなたが誘えばいい。なんのためのタイムマシンです？」

「おまえは根本的に分かってない。そんなことは許されないんだ！」

たしかに我々の手にはタイムマシンがある。しかしほんの些細《ささい》な過去の改変が宇宙崩壊を招きかねないとすれば、いったい我々に何ができよう。古本市における戦略的撤退も過去のことなら、明石さんが誰かに誘われたのも過去のことだ。コーラに浸ったリモコンと同じく、それらはもう取り返しのつかない決定事項なのである。

現実にはタイムマシンなど何の役にも立ちはしない。それはあまりにも危険すぎて、使うに使えない飛び道具なのだ。

そう私が訴えても、小津は念仏を聞いた馬のような顔をしていた。

「それでは諦めるというんですか」

「やむを得ないだろ」

「いいでしょう。分かりました」

小津は私を押しのけて南へ歩きだす。

「おい、どうするつもりだ？」

「今日のあなたが諦めるというんだから、昨日のあなたを説得します」

「宇宙が滅びると言ってるだろ！」

「滅びるか、滅びないか——やってみないと分かりません」

小津は怖ろしいことを言って駆けだした。いったい何を考えているのか。

すぐさま私もあとを追い、「なにごとか」と驚く通行人をかきわけつつ、背後から小津に飛びかかった。

「喧嘩《けんか》だ！　喧嘩だ！」という声があたりに響く。

にわかに古本市に緊張が走り、あちこちから男たちが駆け寄ってきた。「おいおい、落ち着け」「どうした、どうした」という声が乱れ飛んだが、誰ひとり止めに入らない。あまりにも我々の取っ組み合いが軟弱だったので、そもそも本当に喧嘩なのかどうか確信が持てず、「手を出すほどでもないが座視もできない」という気まずい時間であったらしい。

小津の腰にしがみつきながら私は叫んだ。

「俺だってやり直したいんだよ！」

しかし昨日の古本市における失敗はあくまで私の選んだ道なのである。

決定的な結果を突きつけられることを怖れ、「明日があるさ」と撤退したのは私自身である。己の愚かな失敗を取り繕うために宇宙全体を危機にさらすのはあまりにも不遜《ふそん》な行為と言わねばならない。いかに明石さんが愛《いと》しかろうとも宇宙が滅亡しては何にもならない。彼女の生きるこの宇宙を守るためにこそ、愚かしい決断の結果を甘んじて受け容《い》れなければならないのである。それでこそ青春、それでこそ人生。

そんなことを考えているうちに、まったく泣きたい気持ちになってきた。

小津を突き飛ばすと、私は湿った地面に土下座した。

「頼む！　おとなしく一緒に帰ってくれ！」

小津は地面に肘《ひじ》をつき、呆れたように黙りこんでいる。

周囲の人垣はみんな息を呑《の》んだようになっていた。やがて「蛾眉《がび》書房」という名札を首から下げた古書店主が歩み出てきた。蛸《たこ》のように赤らんだ禿頭《とくとう》の人物である。

「なあ、あんた。なんだかよく分からないけどな」

蛾眉書房主人は小津に優しく声をかけた。

「こいつもこうまでしてるんだからさ。許してやれよ」

○

私は小津を引きずるようにして糺ノ森を抜けだした。

「ちょっとした冗談のつもりだったんですよ。まさか本気にするなんて」

「面倒臭い！　おまえは心底、面倒臭い！」

「何を今さら。そんなの分かり切ってたことでしょう」

地面を転げまわったせいで二人とも泥だらけである。

ともあれ、これで当面の問題は片付いたはずであった。先にアパートへ戻った明石さんが樋口氏と羽貫さんを送り返しているはずだから、あとは小津と私が明日へ帰還すればよい。帰還したら速やかに田村君を未来へ叩《たた》き返して、タイムマシンには二度と近づくまいと心に誓った。

下鴨幽水荘は無人の廃墟《はいきょ》のごとく静まり返っていた。

時刻は午後五時すぎ。映画サークル「みそぎ」の連中はみんな帰ったらしい。

我々は正面玄関から用心しつつアパートへ滑りこんだ。玄関から奥へ延びる埃《ほこり》っぽい廊下は幽霊トンネルのように暗かった。階段を上がって二階の廊下へ出ると、突き当たりの物干し台から射しこむ淡い光の中で、ほっそりとした人影がぽつんとソファに腰かけているのが見えた。

「戻ったよ」と声をかけると、明石さんは弾《はじ》かれたようにソファから立ち上がった。

そのとき私は彼女のただならぬ様子にすぐ気づいた。いつにも増して顔色が青ざめているし、胸元できつく手を組んでいる。いやな予感がした。何かトラブルが起こったにちがいない。

「明石さん、どうしたんだ？」

「タイムマシンが戻ってこないんです！」

明石さんは悲痛な声で言った。「師匠と羽貫さんを送り返すとき、何度も念を押したんです。向こうへ着いたらタイムマシンをこちらへすぐに送り返してくださいって。それがもう十五分も経つのにぜんぜん戻ってきません。しかもそれだけじゃなくて……」

「いいんだ、明石さん。落ち着いてくれ」

「でも……」

「大丈夫だよ。すべての辻褄《つじつま》は合った。宇宙の危機は去った。最悪タイムマシンが戻ってこなかったとしても、自力で帰ればいいんだから」

「ちがうんです！　ちがうんです！」

明石さんはもどかしそうに首を振る。

「クーラーのリモコンがないんです」

「リモコンがない？　どうして？」

私は息を呑んだ。踏みしめていたはずの大地が突如崩れ落ちたような気がした。

「小津から取り返して君に渡したじゃないか！」

「師匠が未来へ持って帰っちゃったんです！」

ちょうど小津と私が糺ノ森の古本市でくんずほぐれつしていた頃、明石さんは羽貫さんと樋口氏を連れて下鴨幽水荘へ戻ってきた。

まず何よりも優先したのは、私から託されたクーラーのリモコンを廊下の冷蔵庫の上に置くことであった。飲みかけのコーラを浴びてリモコンが臨終を迎える、まさにその地点である。その後、彼らは物干し台からタイムマシンを運びこんだ。

「向こうへ着いたら、すぐにタイムマシンを送り返してくださいね」

明石さんが念を押すと、羽貫さんは「まかせといて」と請け合った。

そしてタイムマシンが出発するとき、樋口氏がスッと手を伸ばした。

「ああ、忘れるところだった。明石さん、リモコンを取ってくれたまえ」

それはあまりにも自然な口ぶりであった。明石さんはほとんど無意識のうちに、冷蔵庫の上に置いたリモコンを手に取って、「どうぞ」と渡していたのである。

とんでもない間違いをしでかしたことに彼女が気づいたのは、タイムマシンが跡形もなく消え去った後であった。

以上の顚末《てんまつ》を語り終える頃、明石さんは気の毒なほど意気消沈していた。

「ごめんなさい。一生の不覚です」

「樋口さんは根本的に分かっていなかったんだな」

「土壇場でこの致命的ミス！　明石さんのせいで宇宙滅亡ですな」

小津の追い打ちをかけるような言葉に、明石さんは壊れた操り人形のごとく項垂《うなだ》れてしまった。そのままくるりと壁を向くと、「お詫《わ》びのしようもございません」と呟《つぶや》きながらコツコツと頭を打ちつけ始めた。「宇宙のみなさま。ごめんなさい」

「君だけが悪いんじゃない。タイムマシンに乗った我々みんな同罪だ」

私は明石さんを慰めた。「それにまだ時間はある」

といっても、残された時間はそう多くない。いずれ古本市から（昨日の）明石さんが戻り、銭湯「オアシス」から（昨日の）樋口氏たち一行が戻る。さらに仕事を終えた（昨日の）羽貫さんがやってくる。関係者一同が揃ったところへ、鴨川べりで傷心を癒《い》やしていた（昨日の）私が戻ってくれば、運命のコーラ事件が勃発《ぼっぱつ》する。それまでにリモコンが戻らねば宇宙は終わりだ。

「とにかくタイムマシンが戻ってくるのを待とう」

それはじつにもどかしく、息のつまるような時間であった。

明石さんはソファに腰かけたまま身じろぎもせず、両手を固く握りしめていた。物干し台から届く光が弱まるにつれて、俯《うつむ》きかげんの彼女の顔は水に沈むように翳《かげ》っていく。彼女は全宇宙への責任にうちひしがれているようだった。

君は何ひとつ悪くない、と私は心の中で語りかけた。タイムマシンを使ってリモコンを取ってこようなどと考えた私が悪い。そもそもリモコンにコーラをこぼした小津が悪い。そうとも。すべての責任は小津にある。

物干し台の黄昏《たそがれ》の光は宇宙の終わりを感じさせた。たかがクーラーのリモコンひとつで、我々の宇宙は終わりを迎えようとしているのだ。せめてもの慰めは明石さんが一緒だということであり、その慰めを台無しにするのは小津も一緒だということである。

しかし小津は宇宙の終わりなど意にも介していないらしい。「なんとかなりますって」と陽気に言った。その底知れない楽天性が心底いまいましかった。

「ところで明石さん、ちょっと訊《き》きたいことがあるんですけどね」

唐突に小津は明石さんに声をかけた。「五山送り火は誰と見物に行くんです？　プライバシーを尊重したいのは山々ですけど、ここはひとつ正直に教えてください」

「おい、よせ」と私は慌てて言った。「何も今そんな話しなくていいだろ」

「何を仰《おつしや》る。これは宇宙の存亡にかかわる問題ですぞ」

明石さんはキョトンとして小津を見返した。

小津は「行くんですよね？」と鋭い声で彼女を問いつめた。

「ええ、行きます。行きますけど……」

明石さんはそう言ってチラリと私を見た。それきり口をつぐんでいる。小津が「それで？」と促しても何も言わない。この謎めいた沈黙は何を意味するのか。

ついに我慢できなくなって私も訊いた。

「明石さん、頼む。教えてくれ」

すると彼女は信じられないというように私を見つめた。

「どうしてそんな――」

明石さんが呟いた刹那《せつな》、青白い閃光《せんこう》が彼女の顔を照らした。旋風が吹き荒れ、物干し台の風鈴が激しく鳴り響く。

タイムマシンが戻ってきたのである。

○

結局、明石さんを送り火に誘った人間は分からずじまいであった。というのも、厄介な連中が未来から押し寄せてきて、そんな話をしている余裕はなくなったからである。廊下に出現したタイムマシンには樋口氏と羽貫さんのみならず、あれほど搭乗を拒んでいた城ヶ崎氏、さらにはモッサリ型未来人・田村君まで乗っていた。

羽貫さんが「到着ッ」と宣言すると、たちまち廊下は賑《にぎ》やかになった。

「どうしてみんなこっちへ来るんです！」と私は叫んだ。

樋口氏が「落ち着きたまえ」と優しく私の肩を叩《たた》く。「貴君や明石さんには苦労をかけた。すまない。我々はタイムマシンの危険性を正しく把握していなかったのだ。しかしもう心配無用、状況は完全に理解した。大船に乗ったつもりで任せてくれ」

「それはありがたいですが、わざわざみんなで来なくても」

「仲間は多いほうが心強いからな」

「いやー、何かお力になれたらと思いまして」と田村君が言った。「僕だって責任を感じているんですよ、未来人として」

「責任を感じているなら、これ以上余計なことをしないでくれ」

いやに城ヶ崎氏がおとなしいと思ったら、彼は廊下の床にへたりこんでいた。明石さんと同じくタイムマシンに酔う体質であったらしい。

愉快な仲間たちの登場に心強く思うわけもなく、危機感は募るばかりだった。そもそもタイムトラベラーとしての節度に欠ける面々であるばかりでなく、間もなく昨日の彼らがこのアパートへ集まってくるのである。これだけ揃って顔を合わせたら、仲良く「ええじゃないか」を踊りながら宇宙の終わりを迎えるしかない。

小津が田村君の姿を見て、「おや」と言った。「君はさっきの……」

「あ、僕は田村といいます。タイムマシンで未来から来ました」

「ああ、そういうことなんですな。未来人にしてはモッサリしてますねえ」

「あはは。よく言われます。この時代は失礼な人ばかりですね」

明石さんが彼らを押しのけてタイムマシンに駆け寄った。

「リモコンはどこですか?」

「ちゃーんと持ってきたから安心して」

羽貫さんが意気揚々と掲げたリモコンを見て、明石さんも私も言葉を失った。

リモコンはラップでグルグル巻きにされたうえ、テープで厳重に固められていた。

羽貫さんは「この処置に時間がかかって遅くなったの」と得意気に言った。「でもナイスなアイデアでしょう？　これでコーラがこぼれてもリモコンが壊れる心配はないわけよ」

明石さんと私は二人そろって、「壊れないと困るんですよ！」と叫んだ。

「どうして？」

「だって昨日リモコンは壊れたんですから！」

「過去を変えてはいけないんです！」

羽貫さんは唇をとがらせ、「ダメなんだってさ、樋口君」と言った。樋口氏は無精鬚《ひげ》を撫《な》でながら「良いアイデアだと思ったんだがなあ」と嘆いた。

「だから俺は止めろと言ったんだ」

城ヶ崎氏が壁に手をついて立ち上がりながら言う。

「俺は何度も忠告したんだ。それでもこいつらには分からないんだ。もう危なっかしくて任せておけない。すべての指揮は俺が執る！」

そして城ヶ崎氏はオエエッと嘔吐《えず》いて崩れ落ちた。

「どうやって指揮を執るつもりなの？」

羽貫さんが呆《あき》れて背中を撫でている。

とにかく早急にリモコンのラップを剝《は》がさねばならない。先ほどから明石さんが悪戦苦闘していたが、水も洩《も》らさぬギチギチぶりは職人技と言ってよかった。

彼女は顔を上げて前髪を払った。

「ハサミがないと無理ですこれは」

私は209号室に飛びこんで机をあさり、ハサミを摑《つか》んで戻ってきた。

いつの間にか城ヶ崎氏が明石さんと交代し、真っ赤になってリモコンと格闘していた。「ハサミです」と声をかけたが、熱中していて聞く耳を持たない。

「城ヶ崎さん、ハサミを使ってください!」

そんなふうにリモコンを取り囲んでワイワイ言っているところへ、

「おーやおや、これは皆さんおそろいで」

廊下の向こうから聞き覚えのある甲高い声が聞こえてきた。

樋口氏が私の耳元で「あれはどっちの相島かね?」と囁《ささや》いた。私は「昨日の相島さんです」と答えて舌打ちした。相島氏が登場する可能性をまったく考えていなかった。昨日の映画撮影終了後、彼はそのまま帰宅したと思いこんでいたのである。

「皆さん、もう銭湯から戻ってきたの?」

そう言いながら近づいてきた相島氏は、廊下のタイムマシンに目をとめた。「おや！」と呟《つぶや》いて、しげしげと眺めている。「これはなんです？」

我々は無言のまま顔を見合わせた。相島氏は怪訝《けげん》そうな顔をする。

「これですよ、これ。なんだかタイムマシンみたいだけど」

「そんなことより」

明石さんが強引に話題を転換した。

「相島さん、何か忘れ物でも？」

「いや、ちょっと眼鏡をね」

そう言いながらも相島氏はタイムマシンから目をはなさない。

「僕は演じるキャラクターによって眼鏡を替えることにしているんですよ。そうするとスムースに役に入り込めるものだからね。だから今日の撮影中ずっとこの眼鏡をかけていたんだけど、いざ帰り道で掛け替えようとしたら、普段用の眼鏡が見あたらないのよ」

「それなら俺の部屋にあるのでは？」

すかさず私は２０９号室のドアを開けた。

「忘れ物はうちで預かってますよ。どうぞどうぞ」

目論見《もくろみ》どおり相島氏が２０９号室へ入った瞬間、私はドアを閉じてノブを摑んだ。

「どうして閉めるの」という相島氏の声。ガチャガチャと動くドアノブをおさえこみ、私は声を押し殺して叫んだ。「見られたぞ、早くタイムマシンを隠せ！」

仲間たちはタイムマシンを取り巻いて騒然とした。

「どうするのよ？」

「物干し台へ出しておけばいい」

「そんなのすぐ見つかってしまいます」

「いっそ別の時代へ送っちゃいますか」

しかしタイムマシンだけを送ったら二度と戻ってこない。

樋口氏が「まかせたまえ」と言ってタイムマシンに乗りこんだ。「しばらくどこかへ行って適当なタイミングで帰ってこよう」

すかさず小津も「おともしまっせ」と乗りこんでいく。

いくらなんでもこれはまずいと私は思った。かくも破天荒な二人組にタイムマシンを自由に使わせるなんて、時空連続体に対する冒瀆《ぼうとく》というべきだ。

我が意を代弁してくれたのは城ヶ崎氏である。

「おまえらなんかにまかせられるか！」

城ヶ崎氏はそう叫ぶと、樋口氏たちを引きずり下ろし、みずからタイムマシンに乗りこんだ。羽貫さんが駆け寄って声をかけた。

「無理だってば、城ヶ崎君。あなたげろげろに酔っちゃうでしょう」

「こいつらを乗せるぐらいなら俺が乗る。頼むから余計なことをしないでくれ」

そのときほど城ヶ崎氏という人物に共感できたことはない。彼もまた身を挺《てい》して時空の秩序を守ろうとしているのだった。ともに逆境に立ち向かう仲間というものは、立場や性格の違いを超えて強い絆《きずな》で結ばれるものだ。「十分ぐらいしたら戻ってください」と私が声をかけると、操縦席の城ヶ崎氏は力強く親指を立ててみせた。「必ず戻ってくる。俺にまかせろ」

タイムマシンが唸《うな》り始めてから、城ヶ崎氏は操作パネルをもう一度見た。その瞬間、何かたいへんなことに気づいたらしい。その顔からサッと血の気が引いた。

「おい、これは……」

悲痛な呻《うめ》き声は途中で絶えた。

タイムマシンは光と風とともに消え去っていた。

○

ドアを開けて相島氏が顔を覗《のぞ》かせたとき、タイムマシンは跡形もなかった。旋風の名残りが風鈴をうるさく鳴らしているばかりである。

相島氏は恨めしそうに言った。

「ドアが開かなくなったんだけどね」

「おや、そうでしたか。ときどきそういうことがあるんですよ」

「誰かがドアをおさえていたような感じだったけど」

「どうしてそんなことするんです、あはは」

私は仲間たちに目配《めくば》せした。こうなればシラを切り通すしかない。

樋口氏と羽貫さんと明石さんは仲良くソファに腰かけてニコニコしていた。小津と田村君はガラクタの山に埋もれるようにしてニコニコしていた。「城ヶ崎さんは？」と相島氏が言うので、「急用で帰りましたよ」と私は言った。

相島氏は部屋から出てくるなり、「おや！」と小さく叫んだ。

「タイムマシンがない」

「タイムマシン？」

「さっきまでここに置いてあったじゃないの。たしかに僕は見ましたよ」

「そんなものありましたっけ？」

私が首を傾げてみせると、ほかの仲間たちも首を傾げた。

相島氏は自信がなくなってきたらしい。

「おかしいなあ」

「夢でも見てたんじゃないですかね」

くすくす笑う田村君を相島氏は胡散臭《うさん》そうに見つめた。

「……ところで君は誰なの？」

「僕ですか？」と田村君はキョトンとした。

「初対面だよね、自然に会話に加わってるけど」

すかさず明石さんが「小津先輩のいとこなんです」と助け船をだした。「夏休みを利用して大学を見学に来たんですよ」

「そうそう、そうなんです。僕、田村といいます」

田村君は調子を合わせ、小津と仲良く肩を組んでみせた。

明石さんが「眼鏡は見つかりましたか？」と訊《たず》ねると、相島氏は「それがどこにもないんだよ」と腹立たしそうに言い、廊下に積み上げられたガラクタを漁《あさ》り始めた。

タイムマシンが戻ってくるまでに相島氏にはお引き取りを願いたかった。しかし彼はなかなか帰ろうとせず、田村君に声をかけた。「それで大学はどうだった？　思いのほか退屈そうだったんじゃない？」

「うーん、まあ。そう言われてみればそうですね」

「最初はみんなそう思うものなんですよ」

相島氏は我が意を得たりというように頷《うなず》いた。

「それは君がまだ自分の可能性を試していないからなんだよね。もしもうちの大学へ入学することになったら、新歓の時季に時計台下へ行ってみるといい。そこではありとあらゆるサークルが新入生を迎えようとして待ってますから。そこには無限の未来への扉がある。学生時代を有意義に過ごしたいならサークルに入りなさい。傍観者みたいに外から眺めていたって未来は切り拓《ひら》けない」

「でも僕、とくに興味のあるサークルなんてないんですけど」

「興味なくてもいいから入りなさい」

相島氏は眼鏡を光らせてピシャリと言った。

「さもないと君は不毛きわまる四年間を過ごすことになるよ。たとえばこんな四畳半アパートの一室にひとりで籠《こ》もっているとしよう。こんなところにどんな可能性がある？ ここには恋も冒険もない。なーんにもない。昨日は今日と同じで、今日は明日と同じ。まるで味のしないハンペンのような毎日ですよ。それで生きていると言えますか？」

「いくらなんでも言いすぎだ」私は断固抗議した。「それなりに味わいはある」

相島氏は「そんなのはただの負け惜しみだね」と容赦なかった。

「一歩外へ踏みだせば世界は豊かな可能性に充《み》ちている。なぜなら君自身が可能性に充ちているからですよ。君という人間の価値はその無限の可能性にこそあるんです。もちろん薔薇《ばら》色の生活が待っているとは保証できません。ヘンテコな宗教系サークルに引っかかるかもしれないし、サークルの内紛に巻きこまれて深く傷つくかもしれない。しかし敢《あ》えて僕は言いたい。それでいいんだ。全力で可能性を生きるのが青春なんだもの」

それはまことに正論というべき大演説であった。あらゆる不可能性に取り囲まれて四畳半から出るに出られぬ人間としては耳に痛い話である。

しかし感銘を受けてばかりもいられなかった。先ほどから明石さんが奇妙な動きを見せていたからである。彼女はそわそわと落ち着きなく、床を見まわしたり、壁際のガラクタに目を走らせたりしている。

「ド・ウ・シ・タ・ノ？」と私は声を出さずに問いかけた。

「リ・モ・コ・ン・ワ？」と明石さんも声を出さずに問い返してきた。

「おい君、眼鏡を探しておいてくれないか？」と相島氏が私に向かって言った。「これはあくまで演技用の眼鏡なんだからね。気持ちが切り替えられなくて困るんですよ。明日の午後に取りに来るから、それまでに見つけておいてくれたまえ」

「まかせてください。必ず見つけておきますから」

私が請け合うと、ようやく相島氏は帰っていった。

その姿が階段に消えるや、明石さんと私は急いで周囲を探り始めた。

「どうしたの？」と羽貫さんがソファから身を起こす。

「リモコンがないんですよ。おかしいなあ」

樋口氏と羽貫さんが「それはやばい」と立ち上がり、小津と田村君も「やばいやばい」と廊下を歩きまわった。そして彼らは乱暴にガラクタを漁り始めた。

「みなさん、くれぐれも慎重にお願いします！」

明石さんが慌てて叫んだ。

「過去を荒らしてはいけません！」

○

ひとしきり廊下を探しまわったが、相島氏の眼鏡が見つかっただけで、クーラーのリモコンはどこにも見あたらなかった。明石さんが溜息《ためいき》をついた。

「城ヶ崎さんが持っていかれたんですね。さっきはバタバタしていましたから」

「あいつも頼りになるようでならない男だからな」と樋口氏が言うと、「あなたにだけは言われたくないでしょうよ」と羽貫さんが笑った。

「でも困ったわね。早く戻ってきてもらわないとまずいんじゃない？」

現在、午後五時半過ぎ。コーラ事件が起こるまであと三十分もない。

ひとつ気にかかるのは、タイムマシンが消え去る直前に城ヶ崎氏が見せた奇妙な表情である。彼は操作パネルを見てひどく驚いた様子であった。あれはどういうわけかと私が言うと、樋口氏が「行き先を見て驚いたのだろう」と言った。

「樋口さん、どこへ行くつもりだったんです？」

「九十九年前だ」

その言葉を聞いて、その場にいる全員があっけにとられた。

「せっかくだから大昔へ行ってみようと思ってね」と樋口氏は続けた。「城ヶ崎に注意を促そうとしたんだが間に合わなかったのだよ。しかしあいつにも責任はある。私を押しのけてタイムマシンに乗りこむからには、きちんと自分の目で行く先を確認すべきであった」

「九十九年前といえば大正時代ですよ！」

「いかにも」

そのとき田村君がおずおずと手を挙げた。

「あのう、それってちょっとまずいんじゃないですかね。当時、このあたりは沼だったんですよ。大家さんから聞いた話ですけど……」

大正時代、このあたりにはまだ人家も少なく、雑木林と田畑が広がっていたという。現在ちょうど下鴨幽水荘の建っている土地は大きな沼であった。青黒い水面には長い髪のような藻がびっしりと浮かんで、昼間でも鬼気の漂う場所だった。

ある晩夏の夕暮れ、ひとりの男が川向こうの町医者を訪ねた帰り、沼の前を通りかかった。夕陽に照らされた沼はまるで血を流したように赤く染まって、つねにも増して怖ろしい。なるたけ早く通りすぎてしまおうと足早に歩いていると、沼から吹く生臭い風に乗って、「おええ、おええ、おええ」という奇妙な声が聞こえてくる。そちらへ目をやった男は震え上がった。

夕陽にギラつく沼の真ん中に恐るべき怪人が浮かんでいた。遠目にも分かるその巨体は暗緑色の藻にびっしり覆われ、口から何かをごぼごぼと吐きだしつつ、しきりに

「おええ」と唸《うな》っている。通りすがりの者を沼に引きずりこむという河童《かっぱ》にちがいなかった。
男は転げるように村へ逃げ帰り、「河童だ！　河童だ！」と騒いでまわった。
かねて河童の噂に脅かされてきた村人たちは、すぐさま男の呼び声に応《こた》え、手に手
に武器を持って沼へ駆けつけた。ところがそのとき、目の眩《くら》むような光があたりに充
ち、凄《すさ》まじい風が村人たちを薙《な》ぎ倒した。あまりの怖ろしさに逃げだす者もあった。
そして怪しい光と風がおさまってみると怪人の姿はどこにもなく、夕陽に赤く染ま
った沼の水面を生臭い風が吹くばかりであったという。
九十九年前の大正時代、このアパートは存在しなかった。のみならず、このアパー
トが建っている土地さえ存在しなかった。ここは沼だったのであり、当アパートの
「幽水荘」という学生アパートらしからぬ陰気な名称もその沼に由来する。もしも城
ヶ崎氏が当アパートの二階でタイムマシンに乗りこみ、正確に九十九年前の同地点へ
移動したとすれば——。
「その河童って城ヶ崎さんだったりして」
田村君が言うと、あたりは重苦しい沈黙に包まれた。
階下から大きな音が聞こえたのはそのときである。

「城ヶ崎君が戻ってきたんじゃない？」と羽貫さんが言った。

すぐさま我々は廊下を走っていき、階段の下を覗《のぞ》きこんだ。

しばらく階下はひっそりしていたが、やがて濡《ぬ》れた布を床に打ちつけるような音が近づいてきた。びしゃり……びしゃり……びしゃり……。そうして階段をのぼってきたのは、河童伝説で語られているとおり全身に藻を絡みつかせた巨漢、九十九年前の沼から生還した城ヶ崎氏であった。彼はタイムマシンを両腕で抱え、一歩また一歩と階段を踏みしめるようにしてのぼってくる。

二階へ辿《たど》りつくと、城ヶ崎氏はゆっくりとタイムマシンを床に置いた。

彼は「オエッ」と嘔吐《えず》いた後、顔に絡みついている藻をいまいましそうに剝《は》ぎ取った。その目は憤怒《ふんぬ》に燃えている。次の瞬間、彼は樋口清太郎に猛然と飛びかかっていた。

「おまえは俺を殺す気か！」

◯

私は小津と田村君の手を借りて、三人がかりで城ヶ崎氏を羽交い締めにした。

城ヶ崎氏は我ら貧弱三人衆をぶんぶんと振りまわしつつ、「沼に落ちたんだぞ！」と怒号した。「酔って吐く！　藻が絡む！　タイムマシンは沈む！　俺は危うく死ぬところだったんだぞ！　謝れ！　俺に謝れ！」

その状況で生還できたことが奇跡なのであり、怒らないほうがどうかしている。

さすがの樋口氏も床に手をついて頭を下げた。

「すまなかった、城ヶ崎。このとおりだ」

「おまえは二度とタイムマシンに触るな」

「せっかくだから試してみたかったのだよ」

「もう一度言う。おまえは二度とタイムマシンに触るな」

城ヶ崎氏の姿は無惨であった。悪臭を放つ沼の水で全身ずぶ濡れ、暗緑色でドロドロの藻に覆われている。夜道で出会えば妖怪《ようかい》にしか見えまい。村人たちが「河童」と思いこんだとしても無理はないだろう。大正時代から現代まで語り継がれてきた河童伝説の始まりは、九十九年前の沼に転落した城ヶ崎氏だったのである。しかし今は河童伝説の真相なんぞどうでもよい。

「城ヶ崎さん、リモコンをお願いします」

私が言うと、城ヶ崎氏は藻を剝ぎ取る手を止めて、「リモコン？」と呟《つぶや》いた。

「クーラーのリモコンですよ！　それで万事解決なんです」

「ああ、あれか！　もちろんここに——」

城ヶ崎氏はズボンのポケットに手をやった。そしてピタリと動きを止めた。ポカンと口が開いて、みるみる顔が青ざめていく。

「落とした」

「落とした？　どこで？」

「沼だ。あの沼だ」

羽貫さんが「あーあ」と言った。

「どうすんのよ、城ヶ崎君」

「俺だって生き延びるのに必死だったんだよ！」

城ヶ崎氏の悲痛な声が廊下に響いた。「俺のせいじゃない！」

明石さんと私は茫然《ぼうぜん》として肩を落とした。もはやリモコンはどう頑張っても手の届かないところにある。たとえタイムマシンで取りに戻ったとして、九十九年前の沼の底からどうやってリモコンひとつを見つけだせというのか。時空連続体を守るために我々が繰り広げてきた努力の一切は水泡に帰してしまったのである。「もう終わりだ」と私は呟いた。そのとき田村君がポンと手を叩《たた》いた。

「あ、いいことを思いつきました」

「なんだ？」

「ようするにクーラーのリモコンがあればいいわけですよね、２０９号室の」

「それはそうだけど……」

「なーる。ちょっとタイムマシンを使いますね」

そう言って彼はいそいそとタイムマシンに乗りこんでいく。

「田村君、どうするつもりなんだ？」

「いいから僕にまかせてください。大船に乗ったつもりで！」

田村君は陽気に敬礼すると、お馴染《なじ》みの閃光《せんこう》と旋風を残して消えてしまった。

いくら大船に乗ったつもりでと言われても、そもそも一連の時空的トラブルを引き起こした元凶が田村君なのであるから、泥船に乗ったつもりにさえなれない。なんとも心細い気持ちで我々は顔を見合わせた。明石さんの心配そうな顔を物干し台から射す黄昏《たそがれ》の光が照らしている。いよいよ「昨日」という夏の一日が終わろうとしていた。

「明石さん、昨日は古本市から何時頃に戻ってきた？」

「午後六時前です。玄関から入ってきたとき、ちょうど大家さんの放送が聞こえて」

――樋口君、樋口清太郎君。家賃を払いにきなさい。

翌日の午後、あらためて我々が聞くことになる「天の声」である。

明石さんがアパートへ戻って十分ほどしてから、樋口氏・小津・城ヶ崎氏の一行が銭湯から戻ってきた。彼らが正面玄関で靴を脱いでいるとき、仕事上がりの羽貫さんが訪ねてきたという。

「そうして最後に俺が戻ってきたわけか」

私が呟いたとき、ほかの連中が怪訝《けげん》そうな顔をしてこちらを見た。

城ヶ崎氏も、羽貫さんも、樋口氏も、小津も、明石さんも、「おまえは何を言ってるんだ」と言いたげである。なんだか様子がおかしかった。「どうしてそんな目で見るんです？」と私は言った。

「ボケてるんですか？」と小津が言った。「あなたは先にここへ戻ってましたよ」

「よく分からんぞ。なんの話だ？」

「僕らが銭湯から帰ってきたとき、あなたはここにいたでしょうが」

「おまえこそボケてるんじゃないのか。たしかに銭湯からは先に出たけど、俺はそのあと用事を片付けてたからな。ここへ戻ってきたのは午後六時すぎだ。みなさん全員そろっていた。そうしたら急におまえが、『裸踊りしろ』とか言いだしたんだろ？」

「先輩、それは本当ですか？」

突然、明石さんが鋭い声で言った。

「ここへ戻ってきたのは本当に私のあとですか？」

私は戸惑って明石さんを見返した。

「そうだよ。どうしてわざわざ嘘をつく？」

弱まりゆく黄昏の光の中、明石さんは眉《まゆ》をひそめて唇を噛《か》んでいる。

その瞬間、廊下に光が充《み》ち、凄《すさ》まじい風が吹き荒れた。

田村君が戻ってきたのだ。

○

「これですよね？」

操縦席で田村君が得意げに掲げてみせたもの。

それこそは九十九年前の沼に沈んだはずのリモコンであった。

「それです！」

明石さんが指さして叫んだ。

「どうして田村君が持っているの？」

「何を隠そう、未来の２０９号室から持ってきたんですよ」

正確には田村君がタイムマシンで出発した夏の半年後、翌年の三月末である。

あちらへ田村君が到着すると、半年後の田村君本人を代表とする〈下鴨幽水荘タイムマシン製作委員会〉の面々がずらりと廊下にならんで出迎えてくれたという。すでに彼らは事情を飲みこんでおり、ちゃんと前もってクーラーのリモコンも用意されていた。

「いやー、さすがに未来の自分が相手だと話が早かったですね」と田村君は笑った。

ここで判明した驚愕《きょうがく》の事実は、四半世紀後の下鴨幽水荘においても、２０９号室では同じクーラーが使用され続けているということであった。だからこそ、田村君は四半世紀後の未来から、代わりのリモコンを取ってくることができたのである。

「でもいいのか？　君たちはクーラーが使えなくなるんだぞ」

「いいんですよ」と田村君はにこやかに言った。「じつを言うと下鴨幽水荘の建て替えが決まったんです。大家さんからは三月末までに退去してくださいって、ずいぶん前から言われていて。このクーラーは昔から２０９号室にそなえつけてあったものだし、僕が持っていくわけにもいかないでしょう。そもそも古すぎますしね。さすがにもう役目を終えても良い頃です」

「だから三月末を選んで取りに行ったのか！」

「ええ。もう使う人間がいなくなるわけですから」

「田村君、まったく君はすごいやつだな」

私は心の底から感嘆した。ほかの仲間たちも「たいしたもんだよ、モッサリしているのに」「見なおしたわ、モッサリしてるけど」「尊敬せざるを得ませんね、たとえモッサリしてても」と口々に褒めたたえた。田村君は「この時代の人たちはみんな失礼ですよね」と苦笑しつつもタイムマシンから降り、私にうやうやしくリモコンを手渡してくれた。「どうぞ、ご自由にお使いください」

かくしてリモコンは我が手に戻ったのである。

私がそれを冷蔵庫の上に置いてみせると、皆から自然に拍手が起こった。

九十九年前の沼に沈んだリモコンの空隙《くうげき》を、四半世紀後の未来からもたらされたリモコンが埋め、昨日の状況が完璧《かんぺき》に再現されている。

しばらくの間、誰もが息を呑《の》んで見守っていた。破綻《はたん》するかに思われた因果の輪は奇跡のように閉じられて、ここに宇宙の破滅は回避された。あまりにも急転直下、あまりにもアクロバティックな解決であった。

「そろそろ帰らないとヤバイんじゃない？」

羽貫さんの言葉でみんな我に返った。

気がつけば物干し台の黄昏の光は消えかかっている。

我々は急いでタイムマシンに乗りこもうとした。なにしろ人数が多いため、全員で乗りこむには慎重な力学的配慮が必要である。押し合いへし合いしている間、明石さんは操縦席にうずくまってダイアルを操作していた。城ヶ崎氏が樋口氏を押しのけつつ、「絶対に間違えるなよ、明石さん!」と訴えている。「大丈夫です」と明石さんは落ち着いた声で言う。

ところが設定を終えてからも明石さんは操作パネルを睨《にら》んで動かなかった。いくら声をかけてもレバーを引こうとしない。唐突に彼女が「やっぱりおかしい!」と立ち上がったので、我々はバランスを失ってドッと床に崩れ落ちた。明石さんは無言で私の腕を取ると、タイムマシンから遠ざかりつつ、「どうしても辻褄《つじつま》が合わないんです」と声をひそめた。

「昨日私が戻ってきたとき、先輩がここにおられました」

「そんなはずはない。俺は最後に戻ってきたんだから」

「だから考えたんです、もしかするとあの先輩は――」

廊下の突き当たりからガリガリと耳障りな音が聞こえてきた。天井のスピーカーのスイッチが入ったのである。大家さんの厳かな声が響き渡った。

「樋口君、樋口清太郎君。家賃を払いにきなさい」

タイムマシンから仲間たちが呼びかけてきた。

「おーい、何してるの」

「いちゃいちゃしている暇はない」

「ぐずぐずしてると置いてくぞう」

明石さんはもどかしそうに手を振ってみせると、私の方へ向き直った。

「先輩はここに残ってください」

「なぜ！　どうして！」

「だって昨日、ここで私たちは約束したんです！」

明石さんは訴えるように私を見つめた。

「五山送り火に私を誘ってください。そうすれば辻褄が合いますから」

そのとき階下から正面玄関の開く音が聞こえてきた。（昨日の）明石さんが古本市から戻ってきたのだ。間もなく彼女は階段を上がってここへ来るだろう。かたや（今日の）明石さんは、あっけにとられている私に頷《うなず》いてみせると、サッと身を翻して廊下を駆け、タイムマシンに飛び乗った。

明石さんは私に向かって手を振った。「先輩、うまくやってくださいね！」

「いや、しかし明石さん……」

「あとで必ず迎えに来ますから！」

そしてタイムマシンは消え去った。

私はひとり「昨日」に置き去りにされたのである。

○

閃光《せんこう》と旋風がおさまると廊下はひっそりとした。

——だって昨日、ここで私たちは約束したんです！

タイムマシンが消えた後になって、ようやく私は明石さんの言葉の意味を理解した。つまり「昨日の私」の先手を打って彼女を送り火に誘ったのは「今日の私」だったのである。なんともいえない奇妙な安堵《あんど》に包まれたのも束の間、自分に課された責任の重さに気づいて慄然《りつぜん》とした。もしも明石さんをうまく誘えなければ辻褄が合わず宇宙は滅亡してしまう。

茫然《ぼうぜん》としていると、薄暗くなってきた廊下に蛍光灯の明かりがともった。

「先輩？」

その声に私は振り返った。

明石さんが廊下をこちらへ歩いてくる。

なんの覚悟もしていないのに舞台中央へ押しだされた素人役者のごとく、私は彼女を見つめて口をパクパクさせるばかりであった。「銭湯からお戻りになったんですね。師匠たちは？」と話しかけられても、まったく声が出てこない。明石さんも訝《いぶか》しく思ったらしく、「どうかされましたか？」と眉《まゆ》をひそめた。

私は大きく息を吸い、やっとのことで言った。

「いや、なんでもない」

「本当に？」

「大丈夫。ちょっと疲れているだけで」

「おつかれさまです。充実した一日でしたからね」

「樋口さんたちもすぐに戻ってくるよ。それで古本市はどうだった？」

明石さんは嬉《うれ》しそうに本の入った袋を掲げてみせた。「急いで見てまわったんですけど、どうしても時間が足りなくて。やっぱり明日も行こうと思います」

「たくさん店があるからな」

「そうなんです。それはもうたくさんあるんですよ」

明石さんはソファに腰かけて夢見るように言った。

私は壁にもたれて彼女を見つめた。樋口氏や小津が銭湯「オアシス」から戻ってくるまでに話をつけなければならない。とはいえ、どのようにして明石さんを誘うのが正解なのか。彼女自身から詳細を聞いておくべきだったと悔やんでも後の祭りである。

ひそかに思い悩んでいると、明石さんが呟《つぶや》いた。

「次の映画はどうしましょうか」

「もう次を考えてるの。気が早いな」

「どんどん前へ進んだほうがいいんですよ。立ち止まると悩むから」

明石さんはマジメな顔で言った。「なにか良いアイデアはありませんか？」

そう問いかけられて悪い気はしなかった。考えてみればここ数ヶ月、小津や明石さんと映画「幕末軟弱者列伝」の構想を練っていた期間は、久しぶりに気分が明るく、前向きに何かに取り組んでいると感じられたものである。それは京福電鉄研究会をめぐるゴタゴタの後、暗雲垂れこめていた四畳半世界に射しこんできた一筋の光であった。

「こんなのはどうだろう」

気がつくと、私はすらすらと語りだしていた。

「ある朝、ひとりの男が四畳半で目を覚ます。いつもどおりの自分の部屋なんだけど、どうも胸騒ぎがする。共用便所へ行こうとしてドアを開くと、そこにアパートの廊下はなくて、まるで鏡に映したような四畳半がある。その四畳半の窓の向こうにも四畳半がある。どこまで行っても四畳半が無限にならんでいる。いつの間にか、男は広大な四畳半世界に置き去りにされていたんだ。なんとか元の世界へ戻ろうとして、男は四畳半世界の探検を始めるんだよ」

明石さんは身を乗りだした。

「それからどうなるんです？」

「いや、まだ考えてない」

明石さんは「なーんだ」と笑った。

「前にこんな夢を見たことがあるんだ」

「ヘンテコな夢をごらんになるんですね」

明石さんは言った。「うらやましいです。私はマジメな夢ばかり」

いやいやこんな話をしている場合ではないのだぞ、と私は思った。

五山送り火に明石さんを誘うことは宇宙を救うことに他ならなかった。我らの宇宙の命運がこの双肩にかかっている今、戦略的撤退などという甘えた選択は許されない。

しかし、万が一失敗してしまったら？

「どうしてそんなことしなくてはいけないんですか」と言われたら？

なにゆえこんな重圧を感じなければならないのであろう、と私は思った。ここにひとりの人間があり、もうひとりの人間を好ましく思い、「ちょいと一緒に出かけましょう」という、ただそれだけのことではないか。これまでに無数の人類がやってきたことであり、これからも無数の人類がやることであり、平凡といえばこれほど平凡なことはない。どうしてそんなに平凡なことがこんなにも容易でないのだろう。口がカラカラに渇き、私は置物のように固まっていた。

明石さんが横を向いて聞き耳を立てた。

「師匠たちが戻ってきたみたいですね」

階下から樋口氏や小津たちの賑《にぎ》やかな声が聞こえてきた。

あの面倒臭い連中が乗りこんでくれば、明石さんを誘うどころではなくなってしまう。もはや逡巡《しゅんじゅん》している時間はない。断崖《だんがい》から飛び下りるような気持ちで「明石さん」と言うと、彼女は爽《さわ》やかな声で「はい」とこたえた。「なんでしょう？」

「五山送り火を見物しに行こうと思う」

「それはいいですね」

「明石さんも一緒にどうだろうか」

私は呼吸を止めて答えを待った。

明石さんはびっくりしたように私を見つめていた。

彼女がギョッとするのも無理はない。どうしてもっと自然な会話の流れで誘えないのか。僅《わず》か数秒の沈黙が怖ろしく長く感じられた。明石さんは断るつもりだろうか。やはり私は失敗したのだろうか。今にも目前の空間に亀裂《きれつ》が走り、この下鴨幽水荘を中心にして宇宙が崩れ落ちていくような気がした。さらば宇宙、さらば明石さん。

ほとんど私が死を覚悟した瞬間、宇宙の危機は回避された。

明石さんが頷いてくれたからである。

「わかりました」

「いいの？」

私は大きく息を吐いた。

「そうか。それはよかった。うん」

あまりにもホッとしたので、そっけない言葉しか出てこない。

廊下の向こうの階段口から小津が姿を見せた。樋口氏、城ヶ崎氏、そして羽貫さんの姿もある。私が全宇宙の命運を賭《か》けた戦いに挑んでいたことなど露知らず、彼らはなんとも楽しそうに喋《しゃべ》っていた。羽貫さんがこちらを見て「やほーい」と手を振った。

「念のためにおうかがいしますが」

羽貫さんに手を振り返しつつ、明石さんは声をひそめた。

「それはみんなで？　それとも二人で？」

「ぜひとも二人で」

「なるほどです」

「だから小津たちには内緒で頼む」

「ええ、内緒、もちろん、はい、そのほうが、ええ」

明石さんは慌てたように幾度も頷《うなず》いた。

○

タイムトラベラーとしての任務は果たした。

しかし私はどうやって未来へ帰ればいいのだろう。

——あとで必ず迎えに来ますから！

　明石さんはそう言っていたが、ここへ迎えにくるとは考えられない。コーラ事件が起こったあとは、夜明け前までクーラーのお通夜が続く。ひっきりなしにアパートの連中が出入りしているところへタイムマシンで乗りつけるわけにはいかない。なにはともあれ、このアパートから早く脱出しなければならぬ。「昨日の私」がここへ現れたら大混乱である。

「いやー、良い湯でしたねえ」

　小津が手ぬぐいをヒラヒラさせながら言った。

「なんで先に帰っちゃったんです？」

「ちょっと用事があってな」

「で、その用事とやらは片付いたんですか？」

「まあな。どうせたいした用事じゃない」

　私が言うと、小津は「ふっふーん」と怪しい笑みを浮かべた。

　羽貫さんはソファに腰かけてペットボトルのコーラをラッパ飲みしていた。樋口氏は２１０号室のドアを開け放ち、薄暗い室内でモゾモゾしている。明石さんがその背中に向かって「師匠、さっき大家さんが呼んでおられましたよ」と声をかけた。「家賃の件だろうなあ」と樋口氏が唸《うな》る。城ヶ崎氏は銭湯の番台で買ったタオルで汗を拭《ぬぐ》いながら「クソ暑い」とぶつくさ言い、２０９号室のドアを当然のように開けてクーラーをつけた。

羽貫さんが冷蔵庫の上にコーラを置いて伸びをした。

「みんなこれからどうするの？」

「師匠は打ち上げへ行こうと仰《おつしや》っています」

明石さんが言った。「今日の反省会をかねて」

「それなら私も一緒に行く。撮影の話を聞かせてよ」

樋口氏と城ヶ崎氏が「夕食に何を食べるか」議論を始めた。明石さんに「先輩も行かれますよね？」と訊《き》かれたが、私は「いや」と首を振った。

「ちょっと俺は用事があるからね」

今のうちに逃げださねばならぬ。

しかし私が廊下を歩きだすや否や、小津が両腕を広げて立ちふさがった。

「ちょっと待ちなさい」

「なんだよ、通してくれ」

「どうして一度帰ってきて、またすぐ出ていくんです？」

「だから用事なんだよ」

「さっき片付いたと言ったでしょうが」

「それはだからべつの用事なんだよ。俺は忙しいんだ」

「さっきからずっとおかしい。あなた、何か秘密がありますね」

小津はそう言って、おおげさに溜息《ためいき》をついた。「どうして腹を割って話してくれないの。僕たち心の友でしょう？」

「おまえにそんな地位を与えた覚えはない」

「またそんなひどいことを言って」

小津はふてくされて見せてから、ニヤリと笑みを浮かべた。

「さては女ができましたな？」

「そ、そ、そんなわけあるか」

「あなたのことなんてすべてお見通しなんです」

あまりの面倒臭さに気が遠くなりそうであった。押しのけて出て行こうとしたが、小津は軟体生物のように絡みついてきて、「ひどいひどい」と泣き真似をした。

「この僕をさしおいていったいどこの馬骨女を」

「おい、頼むから行かせてくれ。早く行かないとまずいことになるんだ！」

羽貫さんが「まるで痴話喧嘩《ちわげんか》ね」と笑っている。ひとしきり揉《も》み合った後、ようやく小津は「しょうがないですな」と言って手を離した。「僕も鬼ではありませんから、それほど言うなら行かせてあげる。とはいえ、なんの代償もなしというわけにはいきません。罰ゲームをしていただきましょう」

「何をしろっていうんだ」

「そんなの裸踊りに決まっております」

「どうしてそんなことしなくちゃいけないんだ！」

「それぐらいのことをしてもらわなくては僕の心の傷が癒《い》えないんだもの。あの風呂《ふろ》桶《おけ》はどこにあります？　風呂桶で股間《こかん》を隠すのが伝統的裸踊りというもので」

なんとしてもこの場を切り抜けて脱出しなければならない。

私は必死で知恵を絞った。

「よし、分かった。これから俺の秘密を明かそう」

小津は「おお」と面白そうな顔をした。

「ぜひとも教えていただきたいですね」

「みんな物干し台へ出てみろ。そうすれば分かる」

私は思わせぶりに手招きして、全員を物干し台へ誘いだした。

日は暮れており、あたりの空気は水に沈んだような青みを帯びていた。干しっぱなしの薄汚れたシーツをくぐり、錆《さ》びついた欄干から身を乗りだして、私は大家さんの庭を指さした。「あそこに何が見える?」

ほかの連中は怪訝《けげん》そうに欄干に近づいた。

「大家さんの庭でしょう?」

「ケチャがいるな」

「そのとおり。ケチャは何をしてます?」

「なんだか一生懸命、地面を掘ってるみたい」

「じつはそうじゃないんです。もっとよく見なさい」

みんなは一斉に身を乗りだして庭を見つめている。

私は静かに身を引き、素早くシーツをくぐって廊下へ戻った。

アパートを脱出しようにも、間もなく「昨日の私」が戻ってくる。玄関先で鉢合わせする危険は冒せない。かといって廊下に隠れられるところもない。私は209号室へ飛びこむと、押し入れにもぐりこんで内側から戸を閉めた。皺《しわ》だらけの衣服や段ボール箱や猥褻《わいせつ》図書に埋もれて息を殺していると、廊下で彼らが私を探しまわる声が聞こえてきた。

それから起こった事件は読者も先刻ご承知のとおりである。

○

下鴨幽水荘へ帰って玄関に入ると、二階から賑《にぎ》やかな声が聞こえてきた。

「あの人、どこへ行ったんです？」

小津の甲高い声がひときわ大きく響いている。

銭湯から戻ってきたあとも樋口氏たちと遊んでいるらしい。

階段を上りきって廊下を歩いていくと、その奥では樋口氏や小津がうろうろしている。城ヶ崎氏と羽貫さんもいる。みんな物干し台を覗《のぞ》いたり、部屋のドアを開けたり、積み上げられたガラクタをかきわけたりして何かを探している様子である。いやに涼しい風がくるなと思ったら、２０９号室のドアが開けっ放しになっていた。またしても私のクーラーを勝手に使っているのだ。怒りの声を上げようとしたとき、物干し台から明石さんが姿を見せた。私が鴨川で傷心を癒やしている間に古本市から戻ってきたらしい。

彼女は私の姿を見て、「先輩！」と息を呑《の》んだ。

「なんだい？　どうかしたの？」

明石さんの声につられて、そこに集まった樋口氏、小津、城ヶ崎氏、羽貫さんが、全員こちらへ顔を向けた。「ああ」とか「おお」とか驚きの声を洩《も》らす。彼らの視線は私の抱えている風呂桶に注がれており、そこには今まで感じたことのない尊敬の念さえ漂っていた。

「なるほどそういうこと。準備万端というわけね」

羽貫さんが言った。「これは惚《ほ》れるわ」

あの城ヶ崎氏さえ「見直した」という顔をしている。「おまえ、盛り上げるなあ」

ひとまず私は城ヶ崎氏の手からクーラーのリモコンを奪い、209号室のクーラーを停止させた。「勝手に使わないでくださいよ」と言い、リモコンを小型冷蔵庫の上に置いた。そこには半分ほど残ったコーラのペットボトルがあった。

明石さんが心配そうに言った。

「先輩、本当にするんですか？」

「するって何を？」

「何をって、つまり……その……」

「さあさあ。それでは踊っていただきましょう！」

小津が私の腕を摑《つか》んで廊下の中央に立たせた。ほかの連中はソファに腰かけたり、丸椅子を持ってきたりして、期待に満ちた目で私を見つめている。私は風呂桶を抱えたまま、あっけにとられて彼らを見まわした。諸君はワタクシに何を期待しているのか？

「踊れって何を？」

「いやいや、ついさっき話してたでしょ？」

小津がニヤニヤ笑いながら叫ぶ。「裸踊りですよ！」

「裸踊り？　なんでだよ？」

「いやはや、もったいぶるねえ」

樋口氏が顎《あご》を撫《な》でながら言う。

城ヶ崎氏が顔をしかめた。

「おい、ここから引っ張るのはカッコ悪いぞ、やるなら男らしくやっちまえ」

「ちゃんと見届けてあげるから」と羽貫さん。

「いや、だから、話がまったく見えないんですよ」

途方に暮れて明石さんを見ると、彼女は樋口氏の背後に隠れるようにしていた。恥じらいと、諦念《ていねん》と、若干の知的好奇心の入り混じった複雑微妙な表情を浮かべている。

「もう小道具は持ってるじゃないですか」

小津は私の抱えている風呂桶を指さした。

「それをほら、こうやって、踊ればいいわけですよ」

彼は見えない風呂桶で股間を隠しつつ踊ってみせた。

邪悪な笑みを浮かべて踊る小津の姿を今でも克明に思いだすことができる。それはまさに「悪の化身」そのものだった。実際、その悪魔的ダンスによって、小津は私の未来を打ち砕くのみならず、全宇宙を破滅の危機にさらすことになったのである。

小津の右腕が冷蔵庫にあたり、その拍子にコーラのペットボトルが倒れた。黒く泡立つ液体が流れだして、みるみる冷蔵庫からこぼれ落ちていく。

明石さんが「リモコン！」と叫んだ。

私は小津を押しのけて駆け寄ったが時すでに遅し。

リモコンはコーラに沈み、その機能を完全に喪失していた。

○

八月十一日の「コーラ事件」はそのようにして起こった。

そして昨日の私には知るよしもなかったが、その事件が起こっている間、未来から来たもうひとりの私が、ずっと209号室の押し入れにひそんでいたのである。

「なるほど。そういうことだったのか」

暗がりで私はひとり呟《つぶや》いた。

「……で、これからどうする？」

第三章　ふたたび八月十二日

明石さんと初めて言葉を交わしたのは今年の二月のことである。

その日、私は桝形《ますがた》商店街へ出かけて買い物を済ませ、雪まみれで家路を辿《たど》っていた。賀茂《かも》大橋《おおはし》から見える比叡山も、長く延びた鴨川の土手も、鴨川デルタの松林も、粉砂糖をまぶしたように白くなって、普段よりも古都の静けさが身に染みた。

さぞかし私は陰鬱《いんうつ》な顔つきをしていたことであろう。

前年の晩秋に京福電鉄研究会から追放され、今や訪ねてくるのは小津ばかり。その小津にしても二階で暮らしている樋口清太郎を訪ねるついでに顔を見せるだけのことだ。「妹弟子ができましてねえ」などと自慢話を聞かされつつ、電気ヒーターで指先を温めるだけの味気ない暮らし――あの底冷えする四畳半へ帰っていくのかと思うと暗澹《あんたん》たる気持ちになった。

いったい私はこの先どう生きていくのか。地平の彼方《かなた》へ目を凝らしても、この不毛きわまりない四畳半世界の果ては見えない。

その帰り道、ふと思いついて糺ノ森の馬場に立ち寄ってみた。

南北に長くのびた馬場は一面の雪だった。八月になれば古本市のテントで埋まるその広場も、今はただ純白の空虚である。

私は雪の中に立ち止まって溜息《ためいき》をついた。

まるで雪の降り積もる音さえ聞こえてきそうな静けさだった。

前方を歩いているひとりの女性に気がついた。赤いマフラーを巻き、鞄《かばん》を提げている。その後ろ姿には見覚えがあった。幾度か下鴨幽水荘で見かけたことがある。

しばらくすると彼女は雪に足を取られてバタンと倒れた。

アッと思って駆け寄ろうとしたが、私が追いつくよりも前に彼女は起き上がった。

そして冷静に身体の雪をはたき、前方を向いて歩きだす。

ホッとしたのも束の間、十秒ほど歩いたところで彼女はふたたびバタンと派手に倒れた。もう一度私は駆け寄ろうとしたが、またしても手助けは無用だった。すぐに彼女は起き上がり、雪を踏んで歩きだす。あたかも「不屈の精神」そのもののように銀世界を歩んでいく。

ふと足下を見ると、小さな熊のぬいぐるみが雪に埋もれていた。それはスポンジでできた灰色の熊で、赤ん坊のようにもっちりした尻《しり》をしている。

私は「おーい」と前方へ呼びかけた。

「ぬいぐるみを落としませんでしたか？」

彼女は立ち止まって振り返ると、鞄を手探りしてアッという顔をした。

私は熊のぬいぐるみを高く掲げながら、雪を踏んで彼女に追いついた。彼女は落とし物を受け取って、「ありがとうございます」と白い息を吐いた。哲学者のように難しい顔をして、一心不乱にぬいぐるみを揉《も》んでいる。それはなんですか、と私は訊《たず》ねた。

彼女はふわっと眉《まゆ》を緩めて笑った。

「これはもちぐまですね」

彼女は色違いの同じ熊を五つ持っており、「ふわふわ戦隊モチグマン」と称して大切にしているらしかった。「もちぐま」というナイスな名前も忘れがたかったが、彼女が「これはもちぐまですね」と笑ったときの顔は、よりいっそう忘れがたかった。

○

八月十二日、午後六時。

そろそろ明石さんたちがタイムマシンで帰ってくる頃合いである。

私は下鴨幽水荘の廊下で壁にもたれ、ソファに腰かけた相島氏と向き合っていた。関係者一同がタイムマシンを濫用して「今日」と「昨日」を行ったり来たりしている間、ひとり相島氏だけは現在に踏みとどまり、その狂騒を冷ややかに眺めてきたのである。

相島氏は猜疑心《さいぎ》に充《み》ちた声で言った。

「それで？　どういうトリックなの？」

相島氏はタイムマシンの実在をあくまで疑っていた。

彼が睨《にら》んだところによると、タイムマシンとは一種の消失トリックにすぎないらしい。昨日へ行ったはずの私がタイムマシンも使わずに突然２０９号室から出てきたのが何よりの証拠というわけである。自力で帰ってきたのだと主張しても、まったく聞く耳を持ってくれない。「ほかのみんなもそうなんでしょ？」と相島氏は言った。

「消えたように見せかけて、どこかに隠れてるんでしょ？」

「どうしてわざわざそんなことをするんです？」

「それはこっちが訊《き》きたいよ！」

相島氏は憤然として言うのだった。
「みんなして僕をからかっている。じつに失敬ですよ」
そんなに疑うなら自分で乗ってみればいいではないか——そんな台詞《せりふ》を私は危うい
ところで飲みこんだ。タイムトラベルに起因する幾多のトラブルで肝を冷やしてきた
身としては、わざわざ宇宙的危機の火種を作りたくなかった。タイムマシンなど乗る
べきではない。それはあまりにもリスクが大きすぎて、まったく実用に堪えない道具
なのである。
「信じないならそれでいいんですよ。タイムマシンなんて人類には早すぎる」
「つまりトリックだと認めるんだね？」
「どうぞお好きなように」
そっけなく言ってやると、相島氏は黙りこんだ。
かすかに蟬の声が聞こえるだけの静かな夕暮れであった。
ふいにお馴染《なじ》みの閃光《せんこう》が廊下を充たし、猛烈な旋風が吹き荒れた。目前の廊下にタ
イムマシンが現れ、乗りこんでいた連中がドッと崩れ落ちる。
樋口氏がのっそりと身を起こして言った。
「諸君、無事か？」

「どんなときでも僕は元気です」と小津。

羽貫さんは「無事は無事だけどさあ」と言いながら、城ヶ崎氏と明石さんの背中をさすっていた。タイムマシンに酔う体質の二人はそろって床にうずくまっていた。

しかし明石さんは這《は》うようにしてタイムマシンへ戻ろうとする。

「先輩を迎えに行かないと……」

「迎えに行く必要はないんだ、明石さん。俺はもうここにいるから」

その場にいる全員が一斉にこちらを向いて動きを止めた。ようやく私の存在に気づいたらしい。彼らは全員、まるで幽霊にでも出くわしたような表情をしていた。

「あなた、どうやって帰ってきたんです？」

そう問いかけてくる小津に私は答えた。

「帰れなかったんだよ」

○

「昨日」に置き去りにされた私は、いかにして「今日」へ帰還したか。

すでに述べたとおり、コーラ事件の後、２０９号室ではクーラーのお通夜がとりおこなわれた。樋口清太郎の叩《たた》く木魚の音が響く中、アパートの住民たちが入れ替わり立ち替わり弔問に訪れる。２０９号室から人気《ひとけ》の絶えるときはなく、押し入れから抜けだす機会はまったくなかった。そのうちリズミカルな木魚の響きに眠気を誘われ、私はうつらうつらし始めた。そして樋口氏の「心頭滅却すれば四畳半も軽井沢のごとし——喝！」という声を聞いたあたりで記憶が途絶える。

気がつくと戸の隙間から明かりが射しこんでいた。

全身汗だくで意識朦朧《もうろう》、しばらくは自分がどこにいるのかも分からなかった。茫然《ぼうぜん》としていると、押し入れの外から「こいつめ」「なんのこれしき」という声が聞こえてきた。外を窺《うかが》うと、上半身裸の小津と私がリズミカルに手ぬぐいでお互いを叩き合っている。どうやら私は押し入れの中で眠ってしまい、そのまま夜を明かしたらしい。そこに明石さんの涼しげな声が聞こえた。

「仲良きことは阿呆《あほ》らしきかな」

そのあとは読者諸賢もご存じのとおりである。

田村君の登場、樋口氏の起床、城ヶ崎氏と羽貫さんの登場、タイムマシンの発見、「タイムマシンでどこへ行くのか会議」の開催、第一次探検隊（樋口氏・羽貫さん・小津）の出発、田村君の再登場、そして第二次探検隊（明石さんと私）の出発……。

その間、ずっと私は２０９号室の押し入れに隠れていたのである。

炎熱地獄のような暑さの中、飲まず喰《く》わずで便所へも行けず、よくぞ丸一日も辛抱したものだと思う。しかし何よりつらかったのは、昨日の自分たちの愚行を止められないことであった。ここで余計な口を出せばすべての努力が水泡に帰す。いったん昨日から戻ってきた樋口氏たちが城ヶ崎氏の忠告に耳も貸さずリモコンをグルグル巻きにしている間も、その愚行がさらなる悲劇を招くことを知りながら切歯扼腕《やくわん》するほかなかったのである。

ようやく押し入れから出られたときの解放感たるや、これまでの人生で味わったことのないものだった。丸一日を押し入れの中で過ごした人間にとってみれば、四畳半は軽井沢のように涼しく、蛇口から迸《ほとばし》る水道水は貴船《きぶね》の谷水のように清冽《せいれつ》であった。私は流し台に頭をつっこんで夢中で水を浴び、生温《なまぬる》い麦茶をたらふく飲んで、とにもかくにも便所へ行こうとドアを開けた。

廊下では相島氏がひとり、ソファに腰かけていた。

「なんだ、君！」

相島氏は眼鏡の奥の目を丸くした。

「いつからそこにいたの？」

「昨日から、ずーーーーーーーーーっとですよ！」

私はもどかしく叫んで便所へ走った。

かくして私は、自力で八月十二日へ帰還したのである。

○

羽貫さんが呆《あき》れたように言った。

「一晩押し入れで過ごしたの？　よくやるわねー」

「ほかにどうしようもないですからね」

そこで羽貫さんは「あれ？」と首を傾げた。

「これから昨日へあなたを迎えに行くわよね。ここにいるあなたと、帰ってきたあなた。合わせて二人になっちゃうじゃない。それはどうするの？」

「だから迎えに行く必要はないんですよ」

昨夜から先ほどまで私という人間はつねに二人存在していた。しかし一方の私はタイムマシンに乗って昨日へ行き、そのまま二度と帰ってこない。というよりも、その帰ってこなかった私が押し入れに隠れて一晩過ごし、今こうして語っている私になるわけだ。

しかし羽貫さんはなかなか腑《ふ》に落ちない様子であった。

「なんだか騙《だま》されたみたいな感じ。樋口君、納得してる？」

「納得しているわけではないが、わざわざ文句をつける筋合いもないな」

明石さんが立ち上がって「ふう」と息をついた。その頬には少し血の気が戻っている。彼女はゆっくりとこちらへ歩いてくると、今ここにいる私の真贋《しんがん》を見極めようとするかのように、眉《まゆ》をひそめてこちらを睨《にら》んだ。「では迎えに行かなくてもいいんですね？」

「だって俺はここにいるからね」

明石さんはホッと溜息《ためいき》をついた。

「迎えに行くつもりだったんです」

「それは分かっている。でも、もう気にしなくていい」

「ということは、これで一件落着？」

「そういうことになる」

明石さんたちがこの唐突な幕切れになかなか納得できないのも無理はなかった。丸一日かけて自力で帰ってきた私でさえ、「たしかに辻褄《つじつま》は合っている。しかし本当にこれでいいのだろうか？」という疑念が振り払えない。時空連続体の仕組みは私たちの常識を超えているのだ。しかしやがて樋口氏が「終わり良ければすべてよし」と厳かに宣言すると、「まあこれでいいんだろうな」という不思議な安堵《あんど》感が仲間たちの間に広がった。

我々は、誰からともなく、廊下に置かれたタイムマシンを振り返った。

それはなんと魅力的で、なおかつ危険な発明品であったことか。この四畳半アパートに出現するや、あっという間に我々の心を鷲《わし》づかみにして、全宇宙を消滅の瀬戸際へ追いやったのである。もう二度とかかわりたくないと思う一方、「もう少しだけこの発明品で遊んでみたい」というひそかな欲望も否定できない。人間というのは厄介な生き物だとつくづく思った。

そこで田村君が「あのう」と手を挙げた。

「ちょっといきなりで申し訳ないんですけど、僕そろそろ失礼します」

「あら、もう帰っちゃうんですか」と小津が言った。「もっと遊んで行けばいいのに」

「みんなかなり心配してるらしいんですよ」

「みんな？」

「さっき未来へリモコンをもらいに行ったとき、委員会の人たちや僕自身にえらく叱られちゃったんです。半年前なかなか僕が帰らなかったから、みんなメチャクチャ心配したんだぞって。というわけで、急いで帰ったほうがよさそうでして」

田村君は礼儀正しく頭を下げた。

「みなさん、お世話になりました」

「もう二度と来ないでくれ」

城ヶ崎氏が腹立たしそうに言った。「こちらはたいへんな迷惑だ」

「そんな冷たいこと言わなくてもいいじゃない」と羽貫さんが窘《たしな》めた。

「田村君の機転でリモコンが手に入ったわけですしね」と小津。「あれはさすがの僕も思いつきませんでしたよ。じつに天才的な発想」

樋口氏が歩み出て、田村君の肩を優しく叩いた。

「城ヶ崎の言うことなんて気にするな。いつでも遊びに来たまえ。遠慮はいらない」

「ありがとうございます、師匠。嬉《うれ》しいお言葉です」

いざサヨナラということになると、自分でも意外なほど淋《さみ》しい気持ちになった。まるで夏休みが終わり、遊びに来ていた親戚《しんせき》の子が帰っていくような感じがする。

そもそも田村君がタイムマシンに乗って現代へやってこなければ、昨日のリモコンを取りに行こうなどと我々が企てることもなく、宇宙が危機にさらされることもなかった。彼のタイムトラベラーとしての自覚に乏しい言動の数々には怒りも湧いた。しかしどういうわけか、彼は妙に憎めない男でもあった。もしも同時代に生きていたら仲良くなれたことであろう。

四半世紀後の未来において田村君が樋口清太郎のような怪人に惑わされることなく、有意義な学生生活を送ってくれることを祈ってやまない。

「それではみなさん、お達者で！」

古風な別れの挨拶《あいさつ》とともに田村君はレバーを引き、タイムマシンは消え去った。唐突な登場と同じく、その退場もあっけなかった。

すべては夏の幻影であったかのごとし。

「帰っちゃいましたね」

明石さんがぽつんと言った。

しんみりした雰囲気の中、相島氏がおずおずと言った。

「もしかして本当にタイムマシンだったの？」

「おまえ、まだ分かってなかったのか」

城ヶ崎氏が呆れたように言った。

○

「明石さんは今日そちらにいらっしゃるかしら？」

天井のスピーカーが掠《かす》れた大家さんの声を伝えた。

「昨日の忘れ物を引き取っていただきたいのですけど」

明石さんはスピーカーを見上げて不思議そうに呟《つぶや》いた。

「なんでしょうか……ちょっと取りに行ってきます」

明石さんが戻ってくるのを待つ間、樋口氏たちは打ち上げの相談を始めた。

もとはといえば昨夜、映画「幕末軟弱者列伝」の打ち上げをするはずだったのだが、クーラーのお通夜で延期になっていたのである。

彼らは「宇宙を救ったのだから盛大にやろう」などと盛り上がっている。

読者諸賢は先刻ご承知のことだろうが、宇宙を救ったのは明石さんと私であり、ほかの連中は徹頭徹尾有害無益なことしかしていない。しかし私は疲れ果てており、反論する気力も湧かなかった。

羽貫さんが廊下の隅を指さして言った。

「ねえ、それ田村君の鞄《かばん》じゃない？」

彼女の指先に目をやると、黒い肩掛け鞄がチョコンと置いてあった。その未来の物らしからぬモッサリ感は間違えようがない。たしかに田村君の持ち物だった。

「つくづく迂闊《うかつ》なタイムトラベラーだな！」

「取りに戻ってくるかもね」

「いったん俺が預かっておきます」

いくらモッサリしているとはいえ未来の鞄であることに変わりはない。そこらへんに転がしておいたらどのような時空的トラブルを引き起こすか知れない。

私は２０９号室のドアを開け、田村君の鞄を流し台の脇に置いた。

ドアを閉める前、ふと私は自室のクーラーを見上げた。

田村君によれば四半世紀先の未来においても２０９号室では同じクーラーが使用されているという。一度は死んだと思われたこのクーラーは奇跡的に息を吹き返し、その後も長く使われ続けるわけだ。ということは、はじめからタイムマシンを使う必要などなかった、ということになる。我々は意味もなく宇宙を危機にさらし、さんざん苦労して己の愚行の尻拭《しりぬぐ》いをしたにすぎない。「タイムマシンの無駄遣い」以外のなにものでもない。

言いしれぬ情けなさを噛《か》みしめていると、小津がすり寄ってきた。

「今宵《こよい》は奢《おご》ってもらいますからね」

「どうしてそういう話になる？」

「だってあなた、リモコンをダメにしたと言って、さんざん僕を虐《いじ》めたでしょう。でもリモコンはちゃんと直るわけです。だとすれば僕は虐められ損のくたびれ儲《もう》け」

「おまえがコーラをこぼしたのは事実だろ」

そのとき私は疑問を抱いた。

「なんだかおかしくないか？」

「何がおかしいんです？」

「おまえが昨日コーラをこぼしたリモコンは田村君が未来から持ってきたリモコンだよな。それを明石さんが今日電器店へ持っていった。それが修理されて未来へつながるのか？」

「そうそう、それで辻褄が合うわけです」

「いやいや、そんなわけあるか。まったく辻褄は合ってないぞ！」

私は廊下のガラクタの山から古い黒板を引っ張りだし、時空を超えたリモコンの移動図を描き始めた。

私がチョークで描いた図は次のようなものである。

昨日、リモコンにコーラがこぼれる

←リモコンが修理される

←以降、209号室で使われ続ける

←二十五年後の田村君が昨日へ持ってくる

←リモコンにコーラがこぼれる

（以下、繰り返し）

「こいつはいささか妙だなあ」と樋口氏が顎《あご》を撫《な》でながら呟いた。

もしもこの図の通りであるとすれば、リモコンはあるとき虚空から忽然《こつぜん》とこの世界に現れ、この二十五年間という限定された時空を永久にぐるぐる回っていることになる。

そんなことはあり得ない。つまり何かが根本的に間違っているのだ。

そのとき、廊下の向こうから明石さんが歩いてきた。

「みなさん。どうしたんですか？」

「明石さん、たいへんなことになったよ」

「こちらもたいへんな発見があったんです」

彼女はそう言って泥だらけの小さなものをさしだした。

それは先ほど大家さんが館内放送で告げた「忘れ物」であった。今朝になってケチャの犬小屋から発見されたが、心当たりのないものだから、きっと昨日撮影にやってきた学生たちの忘れ物であろう。そう大家さんは考えたのである。しかし明石さんはそれを手に取るなり、ケチャが庭で掘りだしたものにちがいないと確信したという。

「これはクーラーのリモコンではありませんか？」と明石さんは言った。

城ヶ崎氏が「まさか」と呟いた。

「俺が百年前の沼に落としたやつか？」

こびりついている泥を洗い落とし、ギチギチに巻きつけられているラップをハサミで切り開くと、見覚えのあるリモコンが現れた。百年前の沼へ送りこまれたリモコンは、そのまま百年間を地中で過ごし、熱心な穴掘り犬ケチャによって掘りだされたことになる。百年の時を超えた奇跡の再会に我々が言葉を失っていると、羽貫さんが「まだ使えたりして」と言った。

「そんなわけないでしょう。百年も経ってるんですよ」

「でも見た目はぜんぜん問題ないでしょ」

「なにしろギチギチに巻きつけたからな」と樋口氏が胸を張った。

私はリモコンの電池を入れ替えると、クーラーに向けて電源ボタンを押した。ピッという軽やかな音がして、涼しい風が頰を撫でた。

全員が感嘆の吐息を洩《も》らした。

「つまりこういうことになるわけか」

私は黒板の図を全面的に書き換えた。

　リモコンが百年前の沼に落ちる

　　↓

そのまま地中で百年経つ

　　↓

今朝、ケチャに掘りだされる
←以降、209号室で使われ続ける
←二十五年後の田村君が昨日へ持ってくる
←リモコンにコーラがこぼれる

それはじつに百二十五年におよぶ壮大な時空の旅路であった。

うっかり小津がこぼしたコーラによって壊れるという、馬鹿馬鹿しいほどあっけない最期も、かえって「運命」というものを強く感じさせた。

「『時をかけるリモコン』ですね」

明石さんが呟《つぶや》き、少し恥ずかしそうにした。

◯

終わりよければすべてよし。あとは打ち上げるばかりである。

「たぐいまれな焼き飯愛好家」を自任する樋口清太郎は、ゆるぎない意志の籠《こ》もった声で「真夏の焼き飯こそ青春の夕ごはん」と言った。「たぐいまれな麦酒《ビール》鯨飲家」を自任する羽貫さんは、流れ星にお祈りするような口調で「麦酒！　麦酒！　麦酒！」と言った。そういうわけで、焼き飯と麦酒がしばしば出会う地点、出町柳の中華料理店で打ち上げをすることになった。

正面玄関から外へ出たとき、私は忘れ物に気がついた。

「相島さんの眼鏡！」

城ヶ崎氏がタイムマシンで百年前へ行っている間、みんなでクーラーのリモコンを探しまわった。そのときに見つけて自室の机上に置き、そのまま忘れていたのである。

「すぐ取ってきますから」

私は靴を脱いで引き返した。階段を上っているとき、二階で大きな音が響き、強い風が階段を吹き抜けた。さんざん聞き慣れた音である。急いで階段を上りきって廊下を覗《のぞ》くと、案の定、田村君がオタオタとタイムマシンから立ち上がるところであった。

「おい、田村君。もう戻ってきたのか？」

「あ、こりゃどうも」

田村君は振り向いて照れ臭そうにした。

「うっかり鞄《かばん》を忘れちゃったんです。見ませんでした？」

「心配するな。俺がちゃんと預かってる」

私は２０９号室のドアを開けた。流し台の脇にはちゃんと田村君の鞄がある。手に取って田村君へ渡そうとしたとき、うっかり落としてしまった。その衝撃で鞄が開き、唐草模様の手ぬぐいをはじめとするこまごまとした品物が廊下に転がった。

「すまん」としゃがみこんだ瞬間、私はひとつの品物から目が離せなくなった。

それは満遍なく薄汚れた小さな熊のぬいぐるみであった。

「おい、田村君。それはなんだ？」

「これはもちぐまですね」

田村君は品物を鞄にしまいこみながら言った。

「ひとり暮らしを始めるとき、お母さんに押しつけられたんです。四畳半の暮らしは淋《さみ》しいから持って行きなさいって。べつに僕はいらないんですけどね。お母さんは他にもいっぱい持ってるんですよ。『ふわふわ戦隊モチグマン』とか言って……」

いかに年季が入っていようと、そのもっちりとした尻《しり》の曲線を見間違えるはずがない。

あの雪に埋もれた馬場の情景が鮮やかに脳裏によみがえってきた。舞い散る雪、明石さんの足跡、雪に埋もれた熊のぬいぐるみ。二十五年も未来からやってきた田村君がどうして同じものを持っているのか――その答えはひとつしかない。

「君は明石さんの子どもなのか？」

「うーん。まあ、そういうことなんですよね」

田村君は鞄を閉じてペロリと舌を出した。

「どうして黙ってたんだ！」

「そんなこと面と向かって言えるわけないじゃないですか」

田村君は「あはは」と朗らかに笑った。「僕にだってタイムトラベラーとしての自覚はありますからね。へんなふうに歴史が変わったら自分が困ることぐらい分かってます。『田村』だって偽名なんです。お父さんが婿養子なんで僕の名字は『明石』ですもん」

「なんということだ」

「お母さんには黙っておいてくださいよ。まだ何も知らないんだから」

「それはいいが」と私は呻《うめ》いた。「ということは、君はすべて分かっていたのか？今日ここで何が起こるか。お母さん、いや明石さんから聞いていたのか？」

「そういうわけでもないんですよね」

田村君はタイムマシンに乗りこみながら言う。

「お母さんは恥ずかしがって学生時代のことをぜんぜん教えてくれないし、お父さんもお母さんとの出会いについてはほとんど話してくれないですし……『成就した恋ほど語るに値しないものはない』とか言ってね。だから断片的なことしか知らなかったんです。前もって教えてもらっていればねえ、僕だってもう少しうまく立ちまわれたと思うんですけど……とはいえ宇宙の危機は回避できたし、クーラーも救われたし、言うことなしです。終わりよければすべてよし！」

田村君は行き先をセットし、「今度こそ本当にサヨナラです」と言った。

「みんなが二十五年後で待ってますから。これから出町柳の中華料理店でタイムトラベル成功の打ち上げなんです」

「ちょっと待ってくれ！」

私は慌ててタイムマシンに駆け寄った。

「ひとつだけ教えてくれ。君のお父さんは誰なんだ？」

田村君は西部劇のカウボーイのように人差し指を立てて舌を鳴らした。

「いけません、いけません。それを言ったら未来が変わるかもしれないでしょう。そんな危ないことするもんですか。僕にはタイムトラベラーとしての責任がありますから」

そして田村君はニヤリと笑った。

「未来は自分で摑《つか》み取るべきものです」

「モッサリしてるくせにハンサムなことを言いやがる」

「僕、そういうとこあるんですよね」

田村君はギュッと片目をつぶった。あまりにもギクシャクしていたので何をしているのか不明だったが、後にして思えばそれはウィンクであったらしい。

「ご健闘を祈ります。いざ、さらば！」

古風な別れの言葉を残して、田村君はふたたび未来へ帰っていった。

しばし茫然《ぼうぜん》とした後、私は相島氏の眼鏡ケースを取って引き返した。正面玄関まで戻ったときには、待ちくたびれた仲間たちから「遅い！」と非難の声を浴びた。田村君とのやりとりは自分の胸の内だけにしまっておくべきだろう。

私が眼鏡ケースをさしだすと、相島氏は「これだ！　これだよ！」と喜んでいた。

ただひとり明石さんだけが私の様子を不審に思ったらしい。玄関前の砂利道を歩き始めたところで、「何かあったんですか？」と問いかけてきた。

「いや」と私は首を振った。「なんでもない」

○

我々は下鴨幽水荘から夕暮れの下鴨泉川町へとさまよい出た。

タイムマシンのせいで「昨日と今日」という二日間にずっと閉じこめられていたような気がする。実際、私は押し入れの中とはいえ他の連中より二十四時間余分に生きているのである。この二日間がおそろしく長く感じられるのも当然のことであろう。藍色《あい》の夕闇に沈む街角の情景も、ときおり吹き抜ける夕風の涼しさも、ずいぶん久しぶりに味わうような気がした。

「信じられない。まったく信じられない」

相島氏は歩きながらぶつぶつ文句を言っていた。

「昨日と今日を行ったり来たりするだけなんてタイムマシンの無駄遣いだ。いくらでも有意義な利用法があるでしょうよ。せめて歴史的に価値のあるものを持ってくるとかねえ」

気持ちは分かるが相島氏には言われたくない。

「河童《かっぱ》伝説の謎は解けましたよ」

私が言うと、城ヶ崎氏が思いだしたように樋口氏に嚙《か》みついた。

「俺はおまえを許してないからな」

「貴君もしつこい男だな。歴史的人物になれたろう？」

樋口氏は夕空に向かって笑った。

「それにしてもクーラーが復活してよかったですね、師匠。まったく一時はどうなることかと」

「うむ。これで残暑もやりすごせる」

小津と樋口氏のやりとりを耳にして、思わず私は口を挟んだ。

「何のことです？　俺の部屋に入り浸らないでくださいよ」

「いやいや、そんなことをするまでもない」

「どういうことです？」

「貴君の部屋から冷気がこちらへ滲《し》みだしてくるのだよ」

樋口氏によれば、下鴨幽水荘の薄い壁にはあちこちに隙間が空いている。２０９号室の冷気のおこぼれによって、樋口氏はこれまで快適な夏を過ごすことができたらしい。しかし今年になって、２０９号室で長年暮らしていた司法浪人生が引っ越すことになった。

そこで白羽の矢が立ったのが階下で暮らす私だったのである。

言われてみれば、209号室が空室になったことをいち早く知らせてくれたのも小津であり、あれこれと熱弁をふるって私を引っ越す気にさせたのも小津であり、一階から二階への引っ越し作業を手伝ってくれたのも小津であった。てっきり京福電鉄研究会追放の件の罪滅ぼしだと思いこんでいた私は、とんだお人好《ひとよ》しであったと言わねばならない。

「なーる。そういう仕組みだったのね」

羽貫さんが言った。「どうりであの部屋ひんやりしてると思ったわ」

あっけにとられていると、樋口氏は「貴君」と親しげに呼びかけてきた。

「貴君の入門を許そう。これからも末永くよろしく頼む」

明石さんが振り返って「よかったですね」と微笑んだ。

しかし私は曖昧《あいまい》な笑みを浮かべるしかなかった。

これで本当によかったのか？　邪悪な連中の食い物にされているだけではないのか？　私は着実に破滅への道程を歩み始めているのではないか？

小津がすり寄ってきて私の肩を抱いた。

「そういうわけで今後もひとつよろしく」

「おまえは悪だくみしかできないのか?」

「そう言わないで。これもあなたのためを思えばこそ」

小津は例の妖怪《ようかい》めいた笑みを浮かべて、へらへらと笑った。

「僕なりの愛ですよ」

「そんな汚いもん、いらんわい」

私は答えた。

○

松林を抜けていくと、美しく澄んだ藍色の空がぽっかり広がった。

我々は連れだって土手を下り、鴨川デルタの突端へ向かった。水の音がひときわ大きくなった。船の舳先《へさき》に立つ船長のように、樋口清太郎がデルタの突端に仁王立ちになった。北東から来る高野川と、北西から来る賀茂川が我々の目の前で混じり合い、鴨川となって、滔々《とうとう》と南へ流れていく。

ぽつぽつと灯《とも》る街灯の光が照り映えて川面《かわも》は銀紙を揺らしているように見えた。目の前にはどっしりとした賀茂大橋が横たわっている。その欄干では行儀良く並んだ電《でん》燈《とう》が橙《だいだい》色の光を投げ、輝く車がひっきりなしに行き交う。夕闇に沈みつつある鴨川べりには、犬の散歩をする人や夕涼みをする学生たちの姿がちらほら見える。飛び石を伝って賀茂川を西へ渡ると、明石さんがひとり追いついてきた。

「みなさん、なかなか歩いてくれませんね」

「打ち上げに行く気はあるのか？　俺はもう腹がぺこぺこで死にそうなんだよ」

焼き飯と麦酒《ビール》を渇望しながら、私は鴨川デルタを振り返った。

樋口清太郎はデルタの突端で両腕を広げて周囲の人々に遠巻きにされているし、小津はうっかり川に踏みこんでズボンの裾《すそ》を濡《ぬ》らし、羽貫さんはそれを指さして「あははは」と笑っている。そんな彼女が川に落ちないように城ヶ崎氏は両腕を広げてハラハラしている。相島氏はひとり佇《たたず》んで愛用の眼鏡を拭《ぬぐ》いつつ、思いだし笑いでニヤニヤしている。まったくへんてこな連中だった。

どうして自分はこんな人たちと一緒にいるのだろうと私は思った。

しかしそんな情景を眺めていると妙な懐かしさを覚えるのだ。

以前にもこんな場面に立ち会ったような気がしてならない。すべてが繰り返されているという強烈な感覚、これこそ正真正銘のデジャヴというやつだろう。

土手に立って川向こうを眺めると、街並みの彼方《かなた》に大文字山が見えている。

「さっきから考えていたことがあるんです」

明石さんが私の傍らに立って言った。

「タイムマシンを使っても過去は変えられないのかも」

まさかそんなわけはない、と私は言った。「過去が変わらなかったのは、明石さんや俺が辻褄《つじつま》を合わせたからだよ。さもなければ樋口さんや小津が好き放題をして……」

「でもみなさん、結局好き放題してましたよね」

そう言われるとたしかにそうなのである。羽貫さんは過去の私たちに堂々と立ち交じって映画撮影を見学していたし、樋口氏はヴィダルサスーンを昨日の自分から盗みさえした。それでも奇跡的に辻褄は合った。むしろ合いすぎたと言えるだろう。

しかしタイムマシンを使っても過去が変わらないとするなら、我々の努力は何だったのか。

「時間は一冊の本みたいなものだと考えてみたんです」

明石さんは藍《あい》色の空を見上げながら語った。

「それが過去から未来へ流れていくように感じるのは、私たちがそのようにしか経験できないからです。たとえばここに本が一冊あるとしたら、私たちはその内容をいっぺんに知ることはできません。一枚ずつ頁をめくって読むしかないんです。でもその本の内容そのものは、すでに一冊の本としてそこにある。遠い過去も遠い未来もすべてが……」

彼女が言おうとしていることを私はようやく理解した。

「すべて決まっていたというんだね」

「もしも未来にタイムマシンが発明されるとしたら、そのことは当然その本に書きこまれていると思うんです。だとすれば、そのタイムマシンによって引き起こされる事態も同じくその本に書きこまれている。だから『過去が変えられない』というのは正確な言い方ではないのかもしれませんね。すべてはもう起こってるんです。変えるとか、変えないとか、そういう問題ではなくて」

「しかしそれでは未来になんの自由もないように聞こえる」

「でも未来のことなんて私たちは何も知らないわけですから。何も知らなければなんでもできます。つまりそれは自由ということではないでしょうか？」

「いや、少なくとも田村君が生まれることは知ってるよ」

私がそう言うと、明石さんは「たしかに」と笑った。

「面白い人でしたね。なんだかもう懐かしいです」

それからしばらく、明石さんは鴨川を眺めながら考えこんでいた。

何を考えているのかと訊《たず》ねると、先ほどの自分の理論に従うと、映画「幕末軟弱者列伝」のストーリーが変わってしまうというのである。

たしかにあの映画では、幕末へタイムスリップした主人公・銀河進によって明治維新が阻まれる。明石さんの説に従うなら、タイムスリップした先で銀河進がどんな暴挙に出ようが明治維新は避けがたいというストーリーになるだろう。

「ひょっとして撮り直すつもり？」と訊ねると、明石さんは「まさか！」と笑った。

「それはそれ。私は新作を撮りたいです」

「うん、そのほうがいいだろうな」

「先輩が昨日仰《おつしや》っていた四畳半をさまよう人の話」

明石さんは言った。「あれがいいと思うんですけど」

そのとき天啓のごとく、素晴らしいタイトルが閃《ひらめ》いた。

「『四畳半神話大系』というのはどうだろう」

明石さんは「いいですね」と顔を明るくした。

あともうひとつ映画になりそうなアイデアがあった。昨日と今日で下鴨幽水荘で起こったこと、つまり田村君とタイムマシンをめぐる騒動を映画にしてしまえばいいのである。下鴨幽水荘で撮影すればいいし、田村君以外のキャストはすべて揃っている。

「タイトルはどんなのがいいかな」

「もう決めています」

「どんなタイトル？」

「『サマータイムマシン・ブルース』です」

明石さんは「いいでしょう？」と微笑んだ。

○

「四畳半神話大系」と「サマータイムマシン・ブルース」。

彼女の映画制作を今後も手伝えるのは喜ばしいことだ。必ずや愛すべきポンコツ映画に育て上げ、サークルのボス・城ヶ崎氏を顔色なからしめる所存である。

しかし今、最も差し迫った問題は「五山送り火」の件なのである。

私は昨日八月十一日の夕方、明石さんを送り火見物に誘って承諾を得た。

しかしそれは八月十二日の明石さんに「昨日の私を誘ってください」と頼まれたからである。かくのごとく主体性のカケラもない約束が男女間で有効だとは到底思われない。その一方、八月十一日時点の明石さんの立場に立つなら、あくまで私が主体的に誘ったように見えたはずである。その段階で私の誘いを受諾したという事実からは、「そもそも明石さんは私を憎からず思っている」という判断が引きだせよう。しかしながらすでに明石さんは知っている――八月十一日の自分を誘ったのは八月十二日の私であり、しかもその私は八月十二日の明石さんの提案に従ったにすぎないという事実を。だとすれば、現在の明石さんが昨日の誘いを本気にしてくれるわけがない。なんだかもう、わけがわからなくなってきた。

鴨川デルタに目をやると、ようやく小津たちがこちらへ向かってくる。

「みなさん、早く打ち上げに行きましょう！」

明石さんは彼らに声をかけて大きく手を振った。

彼女の横顔を見つめながら、私は田村君の言ったことを考えていた。

田村君の両親は学生時代に出会ったという。母親が明石さんだとして、父親はいったい何者なのか。我々のよく知る人物か。それとも未知の人物か。

そんなの俺の知ったことか、と腹の底から言いたくなった。

時空の彼方まで延々と連なる、代わり映えのしない四畳半の大行列。昨日は今日とそっくり同じで、今日も明日とそっくり同じで――かくのごとき不毛な反復とは今日をかぎりにサヨナラしたい。

私は大きく息を吸って、明石さんに声をかけようとした。

そのとき彼女が「先輩」と囁《ささや》いた。

「五山送り火はどこで見物します？」

〇

その夏の夕暮れを私は決して忘れないだろう。

かくして我らの夏は終わっていく。それは二度と繰り返されることはなく、たとえタイムマシンを使っても取り戻すことはできない。

私と明石さんの関係がその後いかなる展開を見せたか、それはこの稿の主旨から逸脱する。したがって、そのうれしはずかしな妙味を逐一書くことは差し控えたい。読者もそんな唾棄《だき》すべきものを読んで、貴重な時間を溝《どぶ》に捨てたくはないだろう。

成就した恋ほど語るに値しないものはない。

解説

上田《うえだ》　誠《まこと》（劇作家・演出家）

春の神話に続く、夏の神話である。

蟬はけたたましく蒸し暑く、盆地の熱だまりのようなアパートにわざわざ集まって撮らなくてもいいような映画を撮り、挙句クーラーのリモコンを壊してしまった腐れ大学生どもの夏の神話だ。

ただでさえ暑苦しいのにタイムマシンによって事態はもつれ、因果の糸が絡みに絡んでタコ足配線のように熱を持っている。昨日と今日をまたいで物語は狭苦しく加熱進行し、宇宙の崩壊を前にじっとりと汗をかき、明石さんを追いかける自分を追いかける小津を追いかけ、リモコンは百年を超える時をまたぐ。すべての辻褄が出来レースのように繫がりあったはてに、起源の分からぬデートの誘いは見えざる手で明石さんと私の背中をぬっと押す。

そんな暑苦しく生暖かく、そしてなんだか都合のいい神話である。ゴッドブレスが吹いている鴨川の夕暮れは涼やかだ。

これの前作にあたる、春の神話は「四畳半神話大系」。桜舞う季節に薔薇色のキャンパスライフを求めてサークルを選び取り、しかし唾棄すべき悪友・小津によって台無しにされてしまう二年間が、繰り返し語られる神話だ。書かれたのは、夏の神話の十五年前。同じく京都に暮らす腐れ大学生の生態が、神話にしては生々しく記されており、それは作者である森見さんの大学時代にルーツをどうやら持つ。

同じころ京都で大学時代を腐れつつ過ごした僕としては、読んで他人ごとではないようなシンパシーをくすぐられ悶えていたら、2010年、テレビアニメ化に際しての脚本を書かせてもらえることになった。

僕と森見さんの表立った初仕事はそれで、以来、アニメ映画「夜は短し歩けよ乙女」「ペンギン・ハイウェイ」の脚本、そして舞台「夜は短し歩けよ乙女」の脚本・演出と、森見さんの原作を預かっては、都度その筆の走りっぷり暴れっぷりに翻弄されながら、脚本という形にどうにか語り直させてもらってきた。

森見さんの奔放な筆ぶりを前に途方に暮れるのは楽しく、僕にとっては人生の愉しみと言ってもよく、このまま専属の脚本家にでもなれたら余生は安泰ですなあ、お供しまっせ、などと唾棄すべき悪友のようなことを考えていたら、あるとき森見さんから思わぬ打診をいただいた。

春の神話の続きを書くにあたり、僕の舞台作品「サマータイムマシン・ブルース」を下敷きにして、その筋立ての中で四畳半の面々を暴れさせたい、と。驚くべき奇策であり、悪魔のようなアイデアであった。光栄でありつつも慄いた。自主的な二次創作。動作するかも怪しい魔改造。作者に怒られないですかとよぎるも、言い出したのは当の作者であった。

「サマータイムマシン・ブルース」は、僕がやっているヨーロッパ企画という劇団の代表作で、２００１年の夏に京都で初演したもの。当時はまだ大学生だった僕らの、演劇サークルのクラブボックスでの日々や、等身大のあれこれが投影されている。

ＳＦ研究会とは名ばかりの、腐れた大学生どもが集う部室に、ある夏の日タイムマシンが現れ、隣のカメラクラブの面々も交えて、壊れる前のクーラーのリモコンを求め「昨日」へと時間小旅行をする。それがやがて論理的矛盾を引き起こし、面々は整合性をとるため、キャンパスを銭湯を、昨日と今日を奔走する。へぼ野球、ヴィダルサスーン、薬局のマスコット、恋と映画。当時の僕らを取り巻く、ささやかでカラフルなものたちだ。

時間ファンであるところの僕が思う「サマータイムマシン・ブルース」の醍醐味は、「群像劇としてのタイムマシンもの」であること。

映画や小説だと普通、タイムマシンものは一人称的に描かれる。主人公がタイムマシンのレバーを引くと、目の前の時空は歪み、過去あるいは未来の景色がそこに現れる。カメラは主人公に付いていき、一人語りによる冒険譚として時間旅行が進んでいく。

舞台ではここを逆手にとり、複数の登場人物たちがタイムマシンで時をかけ、カメラはいちいち彼らに付いていかない「客観視点によるタイムマシンもの」を目指した。タイムマシンが現れた部室という水槽を覗き見るようなイメージ。あるいはタイムマシンを中心に据えたドリフ。目論見はなかなかうまくいき、有象無象がわあわあと入り乱れ、消えては現れ、マシンの使用回数が夥《おびただ》しい、たいへんわちゃわちゃした印象のSF群像コメディとなった。

森見さんはこれを、賑やかな印象はそのままに、あのキャラクターたちの濃さでもって、四畳半神話の一人称的語り口へと落とし込みたいという。

「小説にすると、あのわちゃわちゃした感じがなかなか出ないんですよね」という弱音を、執筆中の森見さんから何度か聞いた。やはり舞台と小説は違うものなのか、という所感と、なんだかすいません、というすまなさと、発案者はあなただ、という感想を持ちながら、まあ特に何か手助けができるでもなく、出来上がりを楽しみに待った。

そもそもキャラクターの数が足りなかったそうで、ただでさえ窮屈なプロットを人数を絞ってやりくりする羽目になったという、森見さんの苦労を偲びながら、「今まさにあのキャラクターたちが、しち面倒くさいプロットの上で踊っているのだ」と想像すると、無責任にも胸が躍った。いつもの脚本化の作業とは、プロセスも立場もちょうど逆であった。

そうして禁断の実験のようにぐつぐつと書かれた夏の神話「四畳半タイムマシンブルース」には、青春を盆地鍋で煮しめたような法外なカロリーと、神様の涼やかな気配が同時に満ちていた。

物語は確かにかつて自分がうっすら考えた気もするが、まごうかたなき森見さんの小説であり、懐かしくも新しい四畳半神話の新章であった。

熱気とやかましさは舞台にもまして凄絶で、映画「幕末軟弱者列伝」の不毛さは筆舌に尽くしがたく、宇宙の黄昏の気配はぞっと冷たく、中華料理屋での打ち上げは参加したく、スリルもアクションもひとしおで、京福電鉄研究会についての不必要な饒舌は「これこれ」と嬉しかった。

わけても明石さんと私のやり取りには、感情のインクが森見さんのペン先からだだ漏れているようで、その筆の進む先々であられもない感情にさせられたあと、最後の一行で放り出された僕はまだ夏のままだ。森見さんが舞台を小説に語り直すとこんな巨大感情青春空想絵巻が生まれるのだ。

そんなわけで、解説になっているかは分からないけど、僕は望外の体験をさせてもらった。

かつて愛したふてぶてしい面々が、なんだか懐かしいような物語の中を新しく生きていた。それは摩訶不思議な夏の神話体験であった。

因果の糸は複雑に絡んでおり、それから僕は「四畳半タイムマシンブルース」のアニメ版の脚本を書き、今はこうして文庫の解説を書いている。万城目学《まきめまなぶ》さんが言うところの「フィクション永久機関」に閉じ込められた数奇な脚本家の話を、今度は森見さんが怪奇小説にしてくれるだろう。そのときは脚本を書かせてください。

本書は、二〇二〇年七月に小社より刊行された単行本を加筆修正のうえ、文庫化したものです。

四《よ》畳《じょう》半《はん》タイムマシンブルース

著／森《もり》見《み》登《と》美《み》彦《ひこ》　原案／上《うえ》田《だ》誠《まこと》

令和４年　６月25日　初版発行

発行者●堀内大示

発行●株式会社KADOKAWA
〒102-8177　東京都千代田区富士見2-13-3
電話　0570-002-301（ナビダイヤル）

角川文庫 23208

印刷所●株式会社暁印刷
製本所●本間製本株式会社

表紙画●和田三造

●お問い合わせ
https://www.kadokawa.co.jp/（「お問い合わせ」へお進みください）
※内容によっては、お答えできない場合があります。
※サポートは日本国内のみとさせていただきます。
※Japanese text only

ISBN 978-4-04-111986-0　C0193

角川文庫発刊に際して

角川源義

第二次世界大戦の敗北は、軍事力の敗北であった以上に、私たちの若い文化力の敗退であった。私たちの文化が戦争に対して如何に無力であり、単なるあだ花に過ぎなかったかを、私たちは身を以て体験し痛感した。西洋近代文化の摂取にとって、明治以後八十年の歳月は決して短かすぎたとは言えない。にもかかわらず、近代文化の伝統を確立し、自由な批判と柔軟な良識に富む文化層として自らを形成することに私たちは失敗して来た。そしてこれは、各層への文化の普及滲透を任務とする出版人の責任でもあった。

一九四五年以来、私たちは再び振出しに戻り、第一歩から踏み出すことを余儀なくされた。これは大きな不幸ではあるが、反面、これまでの混沌・未熟・歪曲の中にあった我が国の文化に秩序と確たる基礎を齎らすためには絶好の機会でもある。角川書店は、このような祖国の文化的危機にあたり、微力をも顧みず再建の礎石たるべき抱負と決意とをもって出発したが、ここに創立以来の念願を果すべく角川文庫を発刊する。これまで刊行されたあらゆる全集叢書文庫類の長所と短所とを検討し、古今東西の不朽の典籍を、良心的編集のもとに、廉価に、そして書架にふさわしい美本として、多くのひとびとに提供しようとする。しかし私たちは徒らに百科全書的な知識のジレッタントを作ることを目的とせず、あくまで祖国の文化に秩序と再建への道を示し、この文庫を角川書店の栄ある事業として、今後永久に継続発展せしめ、学芸と教養との殿堂として大成せんことを期したい。多くの読書子の愛情ある忠言と支持とによって、この希望と抱負とを完遂せしめられんことを願う。

一九四九年五月三日

角川文庫ベストセラー

四畳半神話大系　森見登美彦

私は冴えない大学3回生。バラ色のキャンパスライフを想像していたのに、現実はほど遠い。できれば1回生に戻ってやり直したい！　4つの並行世界で繰り広げられる、おかしくもほろ苦い青春ストーリー。

夜は短し歩けよ乙女　森見登美彦

黒髪の乙女にひそかに想いを寄せる先輩は、京都のいたるところで彼女の姿を追い求めた。二人を待ち受ける珍事件の数々、そして運命の大転回。山本周五郎賞受賞、本屋大賞2位、恋愛ファンタジーの大傑作！

ペンギン・ハイウェイ　森見登美彦

小学4年生のぼくが住む郊外の町に突然ペンギンたちが現れた。この事件に歯科医院のお姉さんが関わっていることを知ったぼくは、その謎を研究することにした。未知と出会うことの驚きに満ちた長編小説。

新釈　走れメロス　他四篇　森見登美彦

芽野史郎は全力で京都を疾走した――。無二の親友との約束を守「らない」ために！　表題作他、近代文学の傑作四篇が、全く違う魅力で現代京都で生まれ変わる！　滑稽の頂点をきわめた、歴史的短篇集！

満月と近鉄　前野ひろみち

小説家を志す「私」は謎めいた女性に出会う。私は彼女に認められたい一心で小説を書き続けるが……奈良を舞台に繰り広げられるロマンと奇想に満ちた4篇。本作を発表後、沈黙を続ける鬼才、唯一の著作。

角川文庫ベストセラー

赤い月、廃駅の上に　有栖川有栖

廃線跡、捨てられた駅舎。赤い月の夜、異形のモノたちが動き出す——。鉄道は、私たちを目的地に運ぶだけでなく、異界を垣間見せ、連れ去っていく。震えるほど恐ろしく、時にじんわり心に沁みる著者初の怪談集！

幻坂　有栖川有栖

坂の傍らに咲く山茶花の花に、死んだ幼なじみを偲ぶ「清水坂」。自らの嫉妬のために、恋人を死に追いやってしまった男の苦悩が哀切な「愛染坂」。大坂で頓死した芭蕉の最期を描く「枯野」など抒情豊かな9篇。

深泥丘奇談《みどろがおかきだん》　綾辻行人

ミステリ作家の「私」が住む〝もうひとつの京都〟。その裏側に潜む秘密めいたものたち。古い病室の壁に、長びく雨の日に、送り火の夜に……魅惑的な怪異の数々が日常を侵蝕し、見慣れた風景を一変させる。

深泥丘奇談《みどろがおかきだん》・続《ぞく》　綾辻行人

激しい眩暈が古都に蠢くモノたちとの邂逅へ作家を誘う。廃神社に響く〝鈴〟、閏年に狂い咲く〝桜〟、神社で起きた〝死体切断事件〟。ミステリ作家の「私」が遭遇する怪異は、読む者の現実を揺さぶる——。

深泥丘奇談《みどろがおかきだん》・続々《ぞくぞく》　綾辻行人

ありうべからざるもうひとつの京都に住まうミステリ作家が遭遇する怪異の数々。濃霧の夜道で、祭礼に賑わう神社で、深夜のホテルのプールで。恐怖と忘却を繰り返しの果てに、何が「私」を待ち受けるのか——⁉

角川文庫ベストセラー

厭世マニュアル　阿川せんり

くにさきみさと、フリーター、札幌在住、常にマスク着用のため自称〝口裂け女〟。そんな彼女は、自らのトラウマ生成にまつわる人々と向き合うことを決意した。衝撃のラストが待ち受ける、反逆の青春小説！

行きたくない　加藤シゲアキ・阿川せんり・渡辺　優・小嶋陽太郎・奥田亜希子・住野よる

人気作家6名による夢の競演。誰だって「行きたくない」時がある。幼馴染の別れ話に立ち会う高校生、生徒の愚痴を聞く先生、帰らない恋人を待つOL――それぞれの所在なさにそっと寄り添う書き下ろし短編集。

グラスホッパー　伊坂幸太郎

妻の復讐を目論む元教師「鈴木」。自殺専門の殺し屋「鯨」。ナイフ使いの天才「蟬」。3人の思いが交錯するとき、物語は唸りをあげて動き出す。疾走感溢れる筆致で綴られた、分類不能の「殺し屋」小説！

マリアビートル　伊坂幸太郎

酒浸りの元殺し屋「木村」。狡猾な中学生「王子」。腕利きの二人組「蜜柑」「檸檬」。運の悪い殺し屋「七尾」。物騒な奴らを乗せた新幹線は疾走する！『グラスホッパー』に続く、殺し屋たちの狂想曲。

AX　アックス　伊坂幸太郎

超一流の殺し屋「兜」が仕事を辞めたいと考えはじめたのは、息子が生まれた頃だった。引退に必要な金を稼ぐために仕方なく仕事を続けていたある日、意外な人物から襲撃を受ける。エンタテインメント小説の最高峰！

角川文庫ベストセラー

ユージニア　恩田　陸

あの夏、白い百日紅の記憶。死の使いは、静かに街を滅ぼした。旧家で起きた、大量毒殺事件。未解決となったあの事件、真相はいったいどこにあったのだろうか。数々の証言で浮かび上がる、犯人の像は――。

私の家では何も起こらない　恩田　陸

小さな丘の上に建つ二階建ての古い家。家に刻印された人々の記憶が奏でる不穏な物語の数々。キッチンで殺し合った姉妹、少女の傍らで自殺した殺人鬼の美少年……そして驚愕のラスト！

失われた地図　恩田　陸

これは失われたはずの光景、人々の情念が形を成す「裂け目」。かつて夫婦だった鮎観と遼平は、裂け目を封じることのできる能力を持つ一族だった。息子の誕生で、２人の運命の歯車は狂いはじめ……。

金魚姫　荻原　浩

金なし、休みなし、彼女なし。うつ気味の僕のもとにやってきたのは、金魚の化身のわけあり美女⁉　突然現れたおかしな同居人に、僕の人生は振り回されっぱなし！

嗤う伊右衛門　京極夏彦

鶴屋南北「東海道四谷怪談」と実録小説「四谷雑談集」を下敷きに、伊右衛門とお岩夫婦の物語を怪しく美しく、新たによみがえらせる。愛憎、美と醜、正気と狂気……全ての境界をゆるがせる著者渾身の傑作怪談。

角川文庫ベストセラー

巷説百物語
京極夏彦

江戸時代。曲者ぞろいの悪党一味が、公に裁けぬ事件を金で請け負う。そこここに滲む闇の中に立ち上るあやかしの姿を使い、毎度仕掛ける幻術、目眩、からくりの数々。幻惑に彩られた、巧緻な傑作妖怪時代小説。

文庫版 厭な小説
京極夏彦

「厭で厭で厭で堪らなくって、それでみんな逃げ出したんだ。会社から、人生から、日常から、人間から――」あなたに擦り寄る戦慄と驚愕。厭なのに、ページを捲らずにはいられない。世にも奇怪な、7つの物語。

金曜のバカ
越谷オサム

天然女子高生と気弱なストーカーが繰り返す、週に一度の奇天烈な逢瀬の行き着く先は――?（「金曜のバカ」）バカバカしいほど純粋なヤツらが繰り広げる妄想と葛藤！　ちょっと変でかわいい短編小説集。

青くて痛くて脆い
住野よる

大学一年の春、僕は秋好寿乃に出会った。彼女の理想と情熱にふれ、僕たちは秘密結社「モアイ」をつくった。それから三年、将来の夢を語り合った秋好はもういない。傷つくことの痛みと青春の残酷さを描ききる。

ふちなしのかがみ
辻村深月

冬也に一目惚れした加奈子は、恋の行方を知りたくて禁断の占いに手を出してしまう。鏡の前に蠟燭を並べ、向こうを見ると――子どもの頃、誰もが覗き込んだ異界への扉を、青春ミステリの旗手が鮮やかに描く。

角川文庫ベストセラー

本日は大安なり　辻村深月

きのうの影踏み　辻村深月

黄泉坂案内人　仁木英之

黄泉坂案内人　少女たちの選挙戦　仁木英之

黄泉坂案内人　愛しき約束　仁木英之

企みを胸に秘めた美人双子姉妹、プランナーを困らせるクレーマー新婦、新婦に重大な事実を告げられないまま、結婚式当日を迎えた新郎……。人気結婚式場の一日を舞台に人生の悲喜こもごもをすくい取る。

どうか、女の子の霊が現れますように。おばさんとその子が、会えますように。交通事故で亡くした娘を待ちわびる母の願いは祈りになった――。辻村深月が〝怖くて好きなものを全部入れて書いた〟という本格恐怖譚。

タクシー運転手の速人が迷い込んだのは、この世とあの世の狭間を漂う入日村という不思議な場所。そこで会った少女・彩葉と共に、速人は迷える魂の「未練」を解く仕事を始めるが……心にしみこむ物語！

この世とあの世の狭間の入日村で迷える魂を救う仕事をしている、元タクシー運転手の速人と少女・彩葉。「マヨイダマ」となった死者の心残りを解決していく日々のなか、大災害により多くの魂が村を訪れて……。

この世とあの世の狭間の入日村で、迷える魂を救う仕事をしている、元タクシー運転手の速人。死者の心残りを解決する日々だが、速人は「この世」に残してきた妻と娘のことがいつも気にかかっていた。

角川文庫ベストセラー

京都なぞとき四季報
町を歩いて不思議なバーへ
円居　挽

京都の大学の街歩きサークル「賀茂川乱歩」の遠近倫人の周りには、つねに謎が寄ってくる。同じサークルの謎解きが大好きな理系女子・青河幸の気を惹くため、奮闘するも、目の前の謎は手強いものばかり。

京都なぞとき四季報
古書と誤解と銀河鉄道
円居　挽

街歩きサークル「賀茂川乱歩」の遠近倫人と、謎好き理系女子・青河幸の恋の行方は？　季節は夏から冬。京都を舞台に雅な謎解きとじれったい恋模様が、季節感豊かに描かれる古都お散歩ミステリー、第2幕。

ロマンス小説の七日間
三浦しをん

海外ロマンス小説の翻訳を生業とするあかりは、現実にはさえない彼氏と半同棲中の27歳。そんな中ヒストリカル・ロマンス小説の翻訳を引き受ける。最初は内容と現実とのギャップにめまいものだったが……。

月魚
三浦しをん

『無窮堂』は古書業界では名の知れた老舗。その三代目に当たる真志喜と「せどり屋」と呼ばれるやくざ者の父を持つ太一は幼い頃から兄弟のように育つ。ある夏の午後に起きた事件が二人の関係を変えてしまう。

白いへび眠る島
三浦しをん

高校生の悟史が夏休みに帰省した拝島は、今も古い因習が残る。十三年ぶりの大祭でにぎわう島である噂が起こる。【あれ】が出たと……悟史は幼なじみの光市と噂の真相を探るが、やがて意外な展開に！